文春文庫

おしゃべりな銀座

銀座百点編

文藝春秋

目次

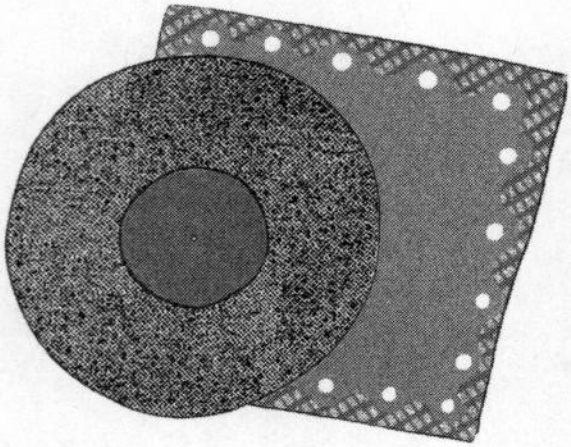

おしゃべりな銀座

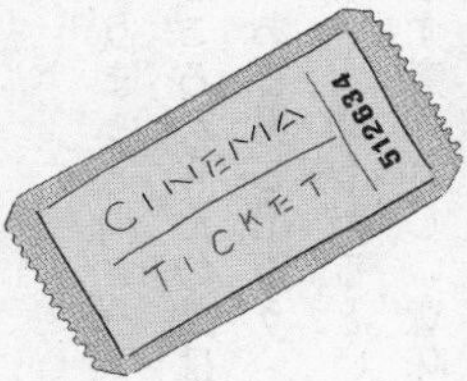

小料理屋

朝吹真理子

吉田健一の短篇小説に『海坊主』というまことにきみょうな一篇があって、銀座の小料理屋で主人公の男が酒を飲んでいるところからその話ははじまるのだった。

主人公は酒を飲んでいた小料理屋で、ある男と出遭う。その男は実ハ……という話なのだが、とにかくオチがあるわけではない。筋もあるといえばあるけれど説明するほどの内容もなく、当然、その一篇が指し示す意味らしい意味というのもない。最高の小説である。怪異のようでいて怪異とはちがう、ただ、「まあそういうこともあろう」と思わせるところが魅力的な小説なのだが、小説の冒頭が銀座という土地であることが、小説をほんとうのことらしくたらしめている要素のひとつである気がしている。

銀座はひとびとの往来する場所という印象がある。「行く」場所であって、どこかまたべつの場所に移動することが前提の土地であるように感じるから銀座に「帰る」という言葉はフィットしない。ひとはたえず行き来するから、浮かぶのは通りの名やいくつかの建造物の固有名詞ばかりで人名はふと頭をかすめてもすぐに流れ去ってゆく。ふしぎな街だと思う。

その吉田健一の小説を読んだのはたしか高校生のときだった。当時、渋谷や原宿で遊んでばかりいた私にとって銀座という土地は縁遠く、少々大人すぎるところにも思えていたので、吉田健一の小説の主人公が飲み歩く場所として認識していた。

個人的な記憶をまとわない馴染《なじ》みうすのところであったから、銀座と聞くと、まず『海坊主』を思い出すのだった。

または祖父母の家に行くと、雑誌や本にまじってときどき「銀座百点」が置いてあった。買い物のついでに頂戴したからなのか、裏表紙にはハンコで店名が押されてあった。かわった判型なので置いてあるとひとめでそれとわかる。銀座に行く予定などないのに、なんとなく手にとってぱらぱらと眺めていたことを記憶している。

考えてみると、私のなかでの銀座は、長い間、吉田健一の小説と、祖父母の家の「銀座百点」という文字上だけの土地だったのかもしれない。

銀座が現実の土地としてなじみ深いものとなるのは、大学で歌舞伎を研究するようになってからだった。

なるたけ義太夫《ぎだゆう》の声をききとれるようになりたくて、通っていた大学から東銀座まで電車一本で行けることも手伝って通いはじめた。はじめは学問のためのみに行っていたが、そこで過ごす時間がかけがえのない歓びとなってゆき、熱心に足を運ぶようになった。

とはいえ歌舞伎のチケットは学生には辛い値段設定であるので、ほとんどの芝居を幕見席からみた。歌舞伎座の演目を書いた絵看板の脇の天津甘栗《てんしん》を買ってから、チケットを購入するための列に並ぶ。足をぶらぶらさせて入場をまちながら、渡辺保や戸板康二の論考、ときには折口信夫の二世實川延若《じつかわえんじゃく》に関する論考を読む。地上階から幕見席のある四階まで、急勾配の階段を上ってゆくときに役者の声や下座《げざ》がうっすら聞こえたりする。

幕見席での過ごし方はさまざまで、台詞や型をおぼえるために学問のためにみることもあれば、芝居とまったく関係のない小説を読みながら、ちらちら舞台をながめることもあった。徹夜明けで出かけて、席に腰掛けた途端強烈な睡魔に襲われて幕開けすらみられず終わりまで眠ってしまったこともある。

天井桟敷《てんじょうさじき》からだと空間ぜんたいを見下ろすことになるので舞台が回ったときには裏方のひとのすがたがみえる。はける役者をみることもできる。花道はみえないからその様子を想像する。その空間に身を置いていること自体が心地よくて、歌舞伎座はやはり祝祭空間だな、と訪れるたびにしみじみ幸福を感じていた。

終演後、はじめはすぐ大学か自宅に引き返していたのだけれど、しだいに銀座の街を散歩してから家に帰るようになった。

ギャラリー小柳やメゾンエルメスをみる。鳩居堂《きゅうきょどう》ではがきや千代紙を選ぶ。POLAに入っている茶寮で本を読む。和光のチョコレートや木村家のあんぱんを買う。

ひとりでいるときは入りづらい店にも、母親を歌舞伎に誘い、帰りがけに、竹葉亭《ちくようてい》で松花堂弁当や鯛《たい》茶漬けを食べたりした。あづま通りにある曾祖母の代からお世話になっている呉服屋で反物をみて、組の美しい帯締めをねだったりし、三越の地下でお惣菜を買って帰った。

あたりにいるひとびともみな、一時銀座で過ごしているだけの来訪者の感覚であることが、気ままでゆったりとしていて心地よい。とりとめもない時間を過ごしていると、憂《う》きことからも一瞬逃《のが》れられる気がする。

最近、歌舞伎をみに新橋演舞場に行くほか、そのすぐ隣にある新聞社に仕事の用事ができたために、ますます銀座に赴《おもむ》く回数が増えている。大学院時代に着ていたぺらぺらのブラウスとジーンズのような衣服では、同行人なく入店することにためらいのあった竹葉亭にも資生堂パーラーにもひとりで入れるようになった。

　ただ、いまだに『海坊主』にでてくるような、日本酒のおいしい、ゆかしい小料理屋には入ったことがない。だから、まだほんとうの銀座を知らないという気がしている。私にとっての銀座は、まだ入ったことのない「小料理屋」に象徴されている。今度銀座に行くときは小料理屋のありそうな通りをうろついてみようと思っている。

　店構えにひかれてふらっと立ち止まって小料理屋の戸を引くと、吉田健一のお化けがカウンターに座っていたりして、いっしょにお酒を酌《く》みかわせたらいいのに、とひそやかに願っている。

老舗が気になる

有栖川有栖

三年前に五十歳を超えたせいか、このところ街を歩いていて老舗《しにせ》についつい目が行く。というより、積極的に老舗を探しながら歩いていたりする。

新しい店は「お、こんなところにこんな店が」と自然と目に飛び込んでくるが、昔ながらの落ち着いた佇《たたず》まいの店には、意外と注意が向かないものだ。ある日、「おや?」と発見するのがおもしろい。

老舗といっても、創業二百年といった店を指して言っているのではなく、私の年齢より長いぐらいの歴史でかまわない。前記のとおり私もいい年だし、昨今は時代の流れがあまりに早いせいか、それぐらいでじゅうぶんに老舗に思える。また、いかにも高級そうでご立派な店である必要もない。

年輪を感じさせる和菓子屋、レストラン、料理屋、帽子屋、洋品店、呉服屋、筆屋、宝飾店などなど。歩調をゆるめて、そんな店の前をゆっくり通り過ぎるだけでちょっとした眼福だし、レトロな風合いの喫茶店にはふらりと入ってしまう。私が住んでいるのは大阪なので、塩昆布の店が街角でいい味わいを出していたりする。

実は、私はこれまで行きつけの老舗というものをあまり持たないできた。特定の店の馴染みになるのが好きな人もいるが、どこかの馴染みになると窮屈な気がする人もいる。私は後者であった。ホテルや旅館も、定宿をつくるのを避ける傾向があったのだが――。

母によると、亡父は背広を仕立ててもらうのが好きだったという。今になって、父と息子の二代で贔屓《ひいき》にした老舗テーラーがあってもよかったのにな、などと思う。かつては考えもしなかったことで、心境に変化が起きているようだ。

老舗といえば。

先日は、夫婦して元治元年（一八六四年）創業という店で食事を楽しんだ。魚すきを初めて供した『丸萬《まるまん》』という店で、かつては戎橋《えびすばし》の南詰にあったのだが、戦災にあって心斎橋に移り、現在は船場《せんば》で営業中だ。

この店の九代目店主の後藤英之さんは彫刻家・造形作家でもあり、老舗の暖簾《のれん》を守るため家業を継いだという。私は十年以上前に作家専業になったころ、後藤さんと一緒に大阪市から表彰してもらったことがあり、それがご縁でお近づきになった。

ごく浅い鉄鍋で鯛、鰆《さわら》、鱧《はも》、烏賊《いか》、海老などをすき焼きにしてくれる。火の加減が難しいので、つくるのは店の人にお任せ。薄くてまったりの関西風味とはまた違ったおいしさだ。出張でやってきて、「こりゃ関東ふうの味だね」と評するお客もいるらしい。

一世紀半の歴史について説明していただくと、幕末に能登から大坂に出てきた初代が漁師料理を洗練させて魚すきを発明し、それが当たっておおいに繁盛したのだとか。戎橋の南にあったころの古い写真を見ると、古きよき大阪がしのばれる。

この店の名前が『土橋万歳《どばしまんざい》』という上方落語にも登場していると教えてもらったので、さっそく帰って桂米朝の演じたものを聴いてみると——出先からさっさと帰ろうとする番頭に、付添いの丁稚《でっち》が「いつもみたいに『丸萬』に寄らへんのですか。なあ、『丸萬』寄りまひょ」とせがんでいた。

また、谷崎潤一郎が関西在住時代に書いた『蓼喰《たでく》う虫』の挿絵を見せてもらうと、道頓堀界隈《かいわい》の挿絵の一枚、○に万の字の看板がしっかりと描かれていた。よく見つけたものである。

そんな話を自慢たらしく披露されたら興醒《きょうざ》めだが、さらりと聞くのは愉快だ。古いものがなんでも尊いわけでもない。しかし、古い店＝老舗というのは、お客に愛された時間の集積が厚いわけだし、そこで味わい、あるいは商品を手に取り、さらに店の方と言葉を交わして「ああ、なるほど。やっぱり」と納得するのは、お客の快楽である。

老舗が気になりだしたのは、年のせいばかりではあるまい。街の変化がめまぐるしいせいでもある。新しくてピカピカのものと常にアクセスできるのは街暮らしの喜びだが、そればかりでは物足りない。老舗という変わらぬものへの安心感や愛着と対《つい》になってこそ、新しいものは輝けるのだ。

老舗ウォッチングは、どこを歩いていたって楽しめるが、やはり大阪では〈西の銀座〉とも言われた心斎橋筋が本場ということになる。子供時代、両親に手を引かれてそぞろ歩いたころのままの店が今も目につく。

もちろん大きな時代の波に洗われて、雰囲気はかなり変わった。惜《お》しまれながらなくなった店も多く、新しいものが幅をきかせすぎでは、と思ってしまうが、その中から次代の老舗が生まれるのかもしれない。そうであって欲しい。

大阪で生まれ育ったので銀座のことはよく知らないけれど、似た事情はあるだろう（ところで、今でも「銀ブラ」ってよく言いますか？　大阪には「心ブラ」という言葉があったのですが、久しく耳にしていません）。

私が東京に行くのはほとんど仕事がらみで、ゆっくりと買い物をする機会が少ない。それでも半端な時間にわざわざ銀座を通り抜け、老舗ウォッチングをしている。有楽町線の沿線での用事が多いので、帰路につく際に地下鉄で有楽町へ出て、銀座経由の遠回りをして東京駅まで歩くのがお気に入りだ。新しい古いを問わず、いずれ馴染みの店ができそうな気がしている。

以下余談めくが、大阪人から見た銀座のイメージは、〈空が広い街〉だ。両側にビルが林立していても、道幅が広いので空が隠れないのが気持ちいい。心斎橋筋は道幅が非常に狭くて、押し合いへし合いしながら歩くところだし、アーケードで覆われていて雨の日には便利だが、青空も星空も仰げない。そのせいで、銀座の空はことさら爽快《そうかい》に感じられる。歩行者天国の日は、なおのこと。大阪人から見て、東京で「広々している」と思える街は銀座だけではあるまいか。

もう一つ、大阪人や関西人が「東京でここだけ」と思える点がある。それは、道が碁《ご》盤《ばん》の目のように走っていること。東京の道は不規則に曲がりくねっているので、あちこちで戸惑ってしまうのだが、銀座だけは理解がしやすい。「道は碁盤の目が当たり前」の関西人に優しい街でもあるのだ。

（二〇一二年三月号）

こどもの銀座

いしいしんじ

俺はこども作家だ。こども向けに書いているわけでなく、もうすぐ五十に手が届くというのに、フリチンで走りまわるのはやめなさいと、自分のこどもに叱られるくらい、人間がまだこどもなのだ。いまは京都だが、二十代から三十代にかけて東京の浅草に住み、そのころしょっちゅう自転車で、銀座にも出かけていた。東京の東半分を行き来するには自転車がいちばんだといまも思う。

銀座にしかない場所はいろいろあるが、なかでも忘れられないのが、松屋デパートの裏にひっそりとある和花専門店野の花 司《つかさ》だ。三十三のとき、ある流れに乗っているうち表千家のお茶を習うことになり、先生宅をはじめて訪ねるにあたって、なにをお土産にもっていこうかと少し考えた。そうか、花をもっていこう、お茶にはたしか、花がつきものと、いつかなにかで読んだことがあるし。

銀座にくわしい知人にきいてみると、お茶に使う花なら、野の花 司がいちばんという。アロハにジーパンで買いに出かけ、驚き、その場で踊りたくなった。花らしい花はもちろんだけれど、茎の先にぼんぼりがのったようなものや、ただの木の枝や、おもしろい植物がいっぱいで、お店のひとに、

「これぜんぶ、いっぱい使って、花束にしてください」

と頼んだ。こどもの無知はおそろしい。アロハ姿のまま、巨大な和花の束を肩に担《かつ》ぎ、はじめて訪問する家のドアベルを思いっきり押した。やがてあらわれた和装の女性は、俺の格好を見るや、

「アラアラ」

と笑った。きっと、アラアラ、以外いいようがなかった。それから十年、かようことになる。最後の二年は京都から東京まで、仕事や用事にかこつけてかよった。おとなっぽい京都のひとたちは、あほやねえ、と笑っていたが、こどものお茶にはブレーキが利かないのだ。野の花が、路傍《ろぼう》からいつの間にか見えなくなるように、先生も、十年目のある日にこの世から、す、と離れた。俺はまだ、次に花をもっていく訪問先に出会えず

にいて、そして、ずっとこのままでも別段かまわないと思っている。

東銀座の歌舞伎座には、さよなら公演の一年間、毎月かよった。当時、髪の毛が土左衛門のように伸びていた。そのころは信州の松本に住んでいて、髪を切ると冬場、スースーと首が寒かったのに加え、ここ、という散髪屋さんと出会っていなかった。バーでも古本屋でも、あっちが呼んでくれてからでないと、足を踏み入れるのがためらわれる場所、というのは、こどもにだってある。

ふと思いついた、そうだ、歌舞伎座で髪を切ろう。俳優や松竹関係者のための理容店があることは以前から知っていた。予約をとり、出かけていくと、こぢんまりと整った店内に、理容椅子が一脚。理容室片岡のご主人片岡さんは、椅子の背をぽんぽんと叩いて、おだやかに笑いかけた。

丸ぼうずにしてください、というと、片岡さんはおおいに驚き、

「やめなよ、もったいないよ！　せっかくこんな、伸びてるのに！」

歌舞伎座の散髪屋さんは、そんなにも髪の毛が「好き」なのだ。髪を愛している。しかし俺にも、決めていたことがあった。

「歌舞伎座、今月とりこわされていったん更地になるやないですか」

「ああ、そうだよ」

「俺、そのきもちがわかりたいんです」

俺はいった。

「ぼうずにされてしまう土地で、ぼうずになることが、俺は大切なんです。歌舞伎座のきもちが、少しはわかるかもしれないから」

片岡さんは三秒黙り、ほんのわずか顎《あご》を引いてうなずくと、わかった、とつぶやいた。

十五分で俺はゆでたまごみたいなアールをなすぼうず頭になっていた。

「けっこうな量だねえ」

切り落とした毛をほうきで集め、片岡さんが蓋《ふた》つきのちりとりをあけた瞬間、俺はまちがいなく見たのだが、山盛りの毛のかたまりが、ふ、と自分から、ちりとりのなかへ飛びこんだのだ。片岡さんは出前のコーヒーをおごってくれ、これまでこの同じ椅子に座ったさまざまな役者さんのヒミツの話を教えてくれた。歌舞伎座は新しくなり、理容室はなくなってしまったが、髪を愛する男・片岡さんはいまもまだ、近くの理容室でハサミをふるっている。

そうして、本屋のことがある。近藤書店で洋書を、旭屋書店で新刊の小説をまとめ買いするのが、銀座にでかけていく大きな楽しみだった。あの二店がなくなるなんて、紐《ひも》のとれた革靴を履いて歩いているみたいな感じだ。はじめての本『アムステルダムの犬』が出たとき、書店まわりで最初に旭屋を訪れた。店員さんがみななにごとかと出てきた。「犬」が出てくる本ということで、俺は犬の着ぐるみを着ていたのだ。その後、新刊が出るたび訪れては、勝手にサイン本をつくって帰った。

教文館は、まだちゃんとある！　それだけでも銀座はしっかりとまだ銀座だ。やはり着ぐるみの書店まわりのとき、ちょうど歩行者天国で、マイクを握りしめたお店の森岡さんと、露店でたたき売りをした。

「犬が売っております！　犬が！」

一日で五十冊は売れたと思う。あとで聞いた話だが、翌日の朝礼で社長が、

「きのうのあれが、教文館の原点です。いしいさんの本は、これからもずっと、置きつづけるように」

といったそうだ。

ほかにもさまざまな風景、恥、笑い声がよみがえる。きれいな服、清潔なレストラン、ちゃんとした東京ことば、本、レコード、あんパンにお菓子。銀座という場所自体が東京のなかでもおとなだから、訪れるひとたちはみな少しだけ、こどもの顔を取り戻し、潑剌《はつらつ》と胸を張って歩いていく。東京は、日本は、銀座がちゃんとしてさえいれば、これからもきっと、なんとか大丈夫だ。

遠のいていく記憶の構図

いとうせいこう

小さなころに見た夜の銀座のネオンが、いまだに記憶に残っている。色とりどりの光を浴びるビルの高さも僕を驚かせたが、いちばん印象に残っているのは、タクシーの中からガラス窓越しに見たネオンが、雨のせいか水彩画のようににじんで溶けて輝く光景なのである。

当時、葛飾区《かつしか》柴又《しばまた》の隣町に住んでいた幼い僕は、陰嚢水腫《いんのうすいしゅ》を患《わずら》っていた。睾丸の周囲に水がたまる病気で、何カ月かに一度は病院で水を抜かなければならない。患部に注射針を刺し込んで、医師がそろそろと水を抜いていくのだが、痛みの記憶も少しあるから、子供心に治療は恐ろしかったはずだ。

そして、思い出すのが治療後に脱腸帯を着けてタクシーの後部座席にいる自分なのである。病人特有の陰鬱《いんうつ》な悲しいような気持ちがあって、僕は、おどおどと周囲を見回している。その目に見えているのは、ネオンがにじんで溶けた銀座の景色なのだ。

病院が銀座あたりにあったのだろうか。何度も通ったという覚えはないから、親が一度、銀座の専門医を訪ねたのかもしれない。なんにせよ、家は裕福ではなかったから、わざわざタクシーに乗せてくれたのは僕が治療直後だったからには違いなく、そうなるとネオンがにじんで見えたのは雨のせいではなかったとも考えられる。僕は泣いていたのではないか。

ゴムの匂いの強い脱腸帯で股間を締め上げていたことを思い出すと、たしかに心細いような悔しいような複雑な記憶がよみがえってくる。僕は、自分が病から抜け出せないことに、幼い身ながら怒りを覚えたのかもしれないし、その脱腸帯を着けたまま育っていくことに不安を感じてもいただろう。涙が出てもおかしくはない。

水を抜く治療の際、一度大変なことがあったのを思い出す。なぜか医師は僕に全身麻酔をかけたのだが、その麻酔が強過ぎて、僕は眠ったままの状態になってしまったのだ。はっきりと覚えているのは、麻酔液が体内に入ってから数秒のことである。つぶった目の裏側に母親が立っているのが見えた。すぐにその母親がクルクルと回転を始め、回転するたびに小さくなって向こうに吸い込まれていってしまうのだ。

　無意識に手を精一杯伸ばしたような気がする。大きな声で「お母さーん」と呼んだのだが、母親に手は届かず、母の映像はどんどん小さくなっていくばかりだった。死に別れるのと同じ恐怖があって、僕は必死にもがいた。母親の姿が消えると同時に、僕の意識も消えてしまった。

　それからの数時間に関しては、もちろん記憶がない。目をさますと病室の端に置かれたベッドの上にいたような気がする。母親はいた。安堵の気持ちよりも、何時間も眠ったままだったと聞かされて感じた、奇妙な空白感のほうが大きい。気を失った瞬間から覚醒《かくせい》した瞬間まで、幼い自分にはほんのまばたきほどの時間しか感じ取れないのに、現実には数時間が経っているという不思議さ。

　両親がよほど心配しただろうことは、起き上がった僕のそばにいた父と母の濃厚な愛情の雰囲気でわかった。その雰囲気の記憶ばかりが、僕の脳裏には残っている。

　僕は言ってみれば、死にかけたようなものである。少なくとも、心配していた両親にしてみれば、僕は目をさまさない可能性があった。だからこそ、生きて病院から帰る僕を両親はタクシーに乗せたのではないか。そして、僕は奇妙な空白の時間にとまどいながら黙って泣いた。泣いた目に銀座のネオンがにじんでいた。そういうことだったのではないか。

　こうして今まで書いたことのない自分の記憶をたどっていると、やはり目の前がにじんで、空白の時間を抱え持った瞬間のことを思い出す。

今度にじんでいるのは銭湯のタイル絵である。緋鯉《ひごい》。オレンジと白と黒に塗り分けられた緋鯉の姿がみるみるうちににじみ、遠のいていく。

　やはり小さなころ、僕は銭湯で溺れかけたはずなのであった。前後のことはまったく覚えていないのだけれど、かっと見開いた目が緋鯉から離れなかったことだけは記憶に鮮明だ。

　僕はお湯を飲みながら、ずぶずぶと沈んでいく。目の中に入ったお湯で緋鯉が揺れ、にじみ、遠ざかっていく。まるで母親が視界の果てに消えていったあのときのように、僕は緋鯉をじっと見つめている。お湯の下からも僕はまだ緋鯉を見ている。形はすっかり溶け出してなくなり、美しい配色だけが目に鮮やかである。

　二十数年後、僕はフィリピンの海でも似たような体験をした。沖に小舟を出してもらい、シュノーケリングをしているうちに強い潮のなかに引き込まれてしまったのだ。

　いくら泳いでも自分の体がコントロールできなかった。またたく間に、僕は小舟から引き離されていく。強い潮は下のほうにも僕を引っ張っている。沈まないように抗《あらが》うのが精一杯だ。海水が目を覆う。何度も水を呑みこむ。

しかし、小舟の中にいる仲間に向かって「助けてくれ！」と声をかけたら最後、自分がパニック状態におちいるだろうという恐ろしい予感があった。パニックになったら正常に泳いでいることができなくなる。手足をばたつかせるだけになった僕は潮の奥に沈むだろう。仕方ないので、僕は冷静さをよそおい、「あの、僕、今、溺れてますから！」と叫んだ。

エンジンを操作していたフィリピン人の少年が海に飛び込み、僕は強い潮の流れから救出された。

話は銀座からずいぶんと脇に流れた。ごく普通に生きてきたはずの自分にも、こうして思い出してみれば何度かの生命の危機というものはあったのだった。そして、そのときには必ずなにかが僕から遠ざかっていく。というより、最初に見た母親の消え去る映像が僕に強烈な印象を残しており、危機になるとそれに似た記憶を脳に刻《きざ》み込んでしまうのに違いない。

実際に自分が死ぬとき、僕は必ずあの映像を見るだろう。母親がクルクルと回転しながら世界の果てに消えていくのだ。母の姿が消えたとき、僕の意識もまた暗く消えてなくなる。

そして、銀座でタクシーに乗って泣くことは僕にはもうできない。

ご馳走になってばかり

戌井昭人

　子供のころ、祖母に銀座で誕生日プレゼントを買ってもらい、その帰りに三笠《みかさ》会館で仔牛のカツレツを食べました。誕生日プレゼントはなにを買ってもらったのか忘れてしまいましたが、あのカツレツの味は忘れられません。

　それまで揚げ物の外食といえば、近所の食堂で油っぽいとんかつとか、デパートの食堂の海老フライしか食べたことがなくて、そもそも、揚げ物はあまり好きではありませんでした。しかし仔牛のカツレツは、コロモがサクサクで、油っこくなく、お肉がなんだか甘いように感じられ、心から「こんな美味《おい》しいものはじめて食べた。ありがとう」と祖母に言いました。といって母は料理が下手だったわけではなかったのですが、これは家庭では絶対に味わえないものだと、子供心に感じたのです。

そもそも仔牛というのが謎でした。なんで仔牛なのか？　いろいろな人に仔牛の肉のことを訊いてみると、仔牛は肉が柔らかいからということを知りました。そして一回しか食べたことがないのに、自分の好物は仔牛のカツレツだと決めて、「仔牛のカツレツ、仔牛のカツレツ」ばかり言っている、ちょっと嫌な子供になりました。でも祖母は、それ以来、誕生日には必ず三笠会館に連れていってくれるようになり、小学校を卒業するまで続きました。

大学生になると、好きになった女の子のお母さんが、よく銀座へ食事に連れていってくれました。彼女は麻布に住んでいたのですが、お母さんの運転する車で銀座に向かい、お寿司、天婦羅、おでん、蕎麦《そば》、洋食、いろいろ食べさせてくれました。そして、こんな美味《うま》いものは今しか食えないぞと、ぼくがガツガツ食べるので、「よく食べて気持ちいいね」とお母さんに言われ、調子に乗って、さらにガツガツ食べるのでした。ある日、お寿司をご馳走になったあと、「まだ食べられるでしょ」と煉瓦亭《れんがてい》に行って、カツレツをおかずにオムライスを食べ、さらに瓶詰めにしてもらったハヤシライスをお土産に持って帰りました。こうして思い返すと、なんだかものすごく自分が卑《いや》しくて、恥ずかしくなります。ちなみに、その後、ウエストに行ってケーキも食べました。

その後、麻布の娘さんとは、お付き合いがなくなり、お母さんと銀座へ食事に行くこともなくなりましたが、あれから十数年経って、はじめてぼくの本が出たとき、「娘は結婚して子供もいて幸せにやっています。でも、あなたも頑張っていたのね」とウエストのお菓子が、そのお母さんから送られてきて感動したことがあります。そのお菓子の入っていた缶の箱は、今は大事な書類を入れるものにしています。

二十代の終わりに、銀座のちょっと先、明石町が実家の娘さんと、お付き合いすることになりました。彼女は「銀座パトロールよ」と言って、よく銀座を散歩していました。それにしても実家から徒歩圏内に銀座があるというのは、都下で育ったぼくには衝撃でしたが、銀座にも変な裏道や、さびれた喫茶店、庶民的な居酒屋などがあるのを教えてもらい、感動しました。

彼女は、銀座、築地あたりで生まれ育ったからなのか、やたら気が強くて、ちゃきちゃきした感じで、そこが魅力的だったのですが、うだつのあがらないぼくを、いつももどかしく思っていて、「もっとビシッとやんなよ」とハッパをかけてきました。しかし、こちらも、いろいろ思うようにいかないという気持ちがあって、よく喧嘩《けんか》になりました。喧嘩したあとは、彼女の家まで、オートバイに乗って謝りに行くのがいつものパターンだったのだけれど、銀座の華やかな雰囲気の中をオートバイで走り抜けていると、この街は全く自分にふさわしくないように思え、己《おのれ》のうだつのあがらなさにうんざりして、みじめな気持ちになりました。

ある日、明石町の彼女の家族が、銀座で食事会をするというので、ぼくも参加することになりました。そこはフランス料理屋さんのロオジエでした。「ふさわしくないのにも程がある」と自分に言いたくなるような、立派なお店です。焦ったぼくは、ロオジエに行く前、普段、競馬はやらないのに、ウインズ銀座に行って馬券を買いました。こうなったら、とことんふさわしくない感じの人間になろうとしたのです。すると、その馬券が当たって結構なお金を手に入れました。でもロオジエでは一人分にも及びません。「馬券当たった」と彼女に話したら、「家族の前で、そのことは話すな」と言われました。ものすごく勝ったら、「ここはわたしが払います」などと言う自分を想像してみたのだけれど、実際は、お父さんにご馳走になったあげく、定職もない身の上だったのです。

食事会は、彼女のお父さんに質問されるたびにビクビクしていて、自分がなにを食べたのかまったく覚えていません。でも、隣に座っていた彼女の妹さんが鳩の肉を食べていて、ぼくは鳩がとてつもなく嫌いなので、なんだか気持ち悪いなと思っていました。

結局、そのような食事会に参加させてもらったのに、相変わらずうだつのあがらなかったぼくは、「まったく不甲斐《ふがい》ない」と彼女に言われて、別れることになりました。そして銀座もあまり行かなくなりました。

それから数年後、小説を書くようになって、銀座で人と会うことが増えました。打ち合わせが多いのですが、今年、夏のはじめは一週間に二回も銀座で食事をしました。いつも銀座にいる人々は、そんなの当たり前かもしれませんが、一週間に二回なんて、自分にとっては驚きです。

一回目は、川端康成賞をいただいたとき、知り合いの方に、「おめでとう」ということで、おぐ羅《ら》で美味しいおでんをご馳走になりました。二回目は、ぼくの文庫本をつくることがきっかけで出会って結婚された、出版社の方とデザイナーの奥さんで、「頑張りましたね」ということで、三亀《さんかめ》でご馳走になりました。これも幸福に美味しかった。

それにしても、自分は銀座で、ご馳走になってばかりなのです。こんどはだれかにご馳走しなくてはなりません。そうすれば不甲斐ない自分から脱却したことになるかも、と思いつつ、こんな程度の思考しか持ち合わせてない己は、やはり、まだ不甲斐ない人間なのでしょう。

銀座、もう少し待っていてください。

（二〇一四年十一月号）

田舎者、銀座を歩く

乾ルカ

今から七、八年ほど前になるだろうか、こんなことがあった。その日の夕食は焼き肉だった。食べ盛りの男の子でもいれば違うのだろうが、肉をあまり欲しない年齢の老親と中年女（私）三人構成の我が家には、とても珍しいメニューであった。

とはいえ、珍しいからこそ、わくわくもする。私はホットプレートの横に置かれた二種類の焼き肉のたれのうち、いそいそと一つを手に取り、取り皿に適量そそいだ。

そして、なんとなく焼き肉のたれのラベルを見た。

賞味期限が切れていた。それも年単位で派手に。

ぎょっとなって、もう一つのほうも見た。

そちらには、二〇〇〇年と印字されてあった。細かな月日は忘れたが、とにかく世紀をまたいでいた。

まさしく前世紀の遺物が、我が家の食卓にのっていたのだ。

当然私は、時を旅してきたかのようなそのたれについて家族に訴えた。

しかし、父は動じなかった。父は言った。

「そんなもん、銀座の老舗のうなぎ屋なら、三百年も前からの秘伝のたれを使っている」

父の一言で、あっけないほどあっさりと事は収まった。「ああ、なるほどな」と納得してしまったのだ。その日の夕食の焼き肉は、賞味期限の切れたたれをつけ、三人で美味しくいただいた。お腹も壊さなかった。

ここで言いたいのは、もちろん銀座の老舗のうなぎ屋さんが、三百年も続く秘伝のたれを使っているということではない。そういうお店がはたしてあるかどうかも知らない。ただ、『銀座』という言葉が持つ説得力には、並々ならぬものがある。『老舗』がつけばなおさら、私のような田舎者をねじ伏せる一層の力を発揮する。生半可なことでは物事は続かない。お店ともなれば、必ずや顧客からの信用、信頼がなくてはならない。高級感あふれる立地で、信用、信頼を得ているところは、安心できる。利用して間違いないと思える。

焼き肉のたれの一件は、父が『銀座の老舗』という言葉を発したからこそ、成立した。世紀をまたいだ焼き肉のたれを口に入れられたのは、まさしく銀座の老舗という言葉が生んだ安心感によるものだと、主張したかったのだ。

田舎者のありふれた、しようもない性《さが》として、東京への憧れというものは、それなりに持っている。生まれ育った地元北海道、札幌は大好きだし、暮らしやすいし、ぜひとも東京に引っ越したいとも思っていないが、それでもニュースやワイドショーで東京の話題を見聞きするたび、「やはりなにか違うな」と感じてしまう。『特別感』があるのだ。とはいえ、私は東京の地理に疎《うと》いので、どんなに憧れがあろうと、一人で銀座は散策できない。

二〇一五年四月、某出版社の担当編集者が、そんな私と一緒に銀座をぶらぶらしてくれた。待ち合わせは夕方五時過ぎ。まずは「消化の良いものを食べたい」と年寄りのような私のリクエストにより、老舗のうどん屋さんで少し早い夕食。美味しかった。

その後はカフェ。三種のホットチョコレートを飲んだ。たぶんこんな小洒落《こじゃれ》た店は札幌にはないと噛《か》みしめつつ、ホットチョコレートを味わい、陽《ひ》が落ちた中、煌《きら》びやかな界隈へと向かった。

それからは、時間を忘れてあちこちの店を回った。楽しかった。同行してくれた編集者がよく利用するというアンテナショップには、日本各地の各種調味料、レトルト食品から、お米、ほどよく質の良い雑貨、文具、本まで取り揃えてあった。私は一瞬ここに住めるのではないかと思った。店舗面積はさほどではないのに、飽きないのだ。今思い出しても、もう一度行きたい。

銀座は陽が落ちても賑《にぎ》やかで、小さな路地のようでも多くの人通りがあり、魅力的で多種多様の店が隠れていた。

ああいった光景を、道内では見ない。

たとえば、先日足を延ばした道内のとある街に、『銀座通り』という通りがあった。なるほどいくつかの観光地にほど近く、近くには市電も走り、飲食店の店舗も見た。人口減少にあえぐその街の中では、明るく賑やかな界隈と言えた。それなりに古くから営業していそうな店もあった。だからこそ、通りの名称にも『銀座』の二文字を冠したのだろう。

しかし、しょせんは道内地方都市の『銀座』である。私はホテルからその通りをしばらく歩き、通りに面した目的の某店で昼食をとったのだが、その道中、通行人をほとんど見なかった。賑やかというよりは牧歌的、のどか寄りの光景だった。

仕方がないと言えばそうかもしれない。よく言われるように、『北海道』の歴史は短い。

いや、本当は長いのだが、日本史の正史としては扱われていない、と表現するべきか。

とにかく、札幌、北海道には繁華街の規模、質ともに、銀座と肩を並べるところはない。

だから、ひとたびリアルな銀座に足を踏み入れると、気分が妙に浮き立ち、見聞きするものすべてが興味深く、子どものように今度はここ、次はあちらというように、浮かれまくってしまう。そうして「いやー、地元にはこんなお店ないよね、さすがは銀座」と、感嘆するのだ。

だが、担当編集者と銀座を歩いたその晩、私にけっこうな驚きが待っていた。

プランタン銀座（当時）の中で『ニトリ』を見たのだ。正確には出店準備中の段階だったが、「銀座にニトリ?」と思わず二度見してしまった。昔、私がまだ制服を着ていたころ、ニトリはあくまで地元庶民の家具屋さんだった。札幌市北区の新琴似《しんことに》というところで、ごく普通に営業していた。まさかあの店が将来銀座に出店するほどになるとは。ニトリの企業成長はもちろんだが、銀座も少しずつ様変わりしているのか。ともあれ札幌市民としては、一緒に馬鹿をやっていた同級生が、いつの間にか手の届かぬ人になってしまっていたような、いささか複雑な想いを抱いた夜となった。

＊プランタン銀座は二〇一六年十二月に閉店、二〇一七年マロニエゲート銀座として再開しました。

ノブイチと僕

井上夢人

「銀座」という言葉から真っ先に思い浮かぶのは佐藤信一《のぶいち》君のこと。

彼とのつきあいは同じクラスになった中学三年のときから始まった。一九六五年と言えば五十一年前——すでに半世紀を超えた友人ということになるのだ。僕は彼をノブイチと呼び、彼は僕をイズミと呼んでいた（イズミは僕の本名だ）。僕たちは二人とも赤坂に住み、赤坂中学校に通っていた。担任の可児《かに》先生はいつも一緒にいる僕たちのことを「御神酒徳利《おみきどっくり》」と呼んだ。

昭和のまっただ中。経済白書が威勢良く「もはや戦後ではない」などとぶちあげてから十年が経っていた。その前の年には東京オリンピックが国を挙げて催《もよお》され、「いざなぎ景気」などと呼ばれる高度成長期が始まった頃のことだ。日本はとっても元気だった。

僕の父はキリスト教の牧師をやっていたから、教会の地下がぼくの住まいだった。赤坂という土地柄にも拘《かかわ》らず、信者の数は少なくて、教会の会計を任されていた母はいつも帳簿《ちょうぼ》の前で溜息を吐《つ》いていた。父のいないところで、母は僕に「ウチは貧乏教会なんだよ」としょっちゅう言っていた。

それに引き換え、ノブイチの家は裕福だった。屋敷に上げて貰い、映画でしか見たことのないような調度の並ぶ居間を、僕は「ノブイチはお坊ちゃんなんだ」と感心しながら見渡した。

ある日、誘われるまま、僕はノブイチのお父さんが運転するセダンに乗った。お母さんは助手席、お姉さんとノブイチと僕は後部座席に着いた。クルマが向かった先は蔵前の国技館。大相撲を観戦したのは、生まれて初めてだった。しかも、案内されたのは低い柵で四角く囲われた枡席《ますせき》。相撲のことなどはなにも知らなかった僕にも、それが物凄く贅沢《ぜいたく》な遊びだということは理解できた。その桝席には、人数分の座布団と、幕の内弁当が重ねて置かれていた。

「小さなおむすびが入ってるだろ?」と、ノブイチのお父さんが子供たちに言った。

「小結《こむすび》は幕内力士だ。だから幕の内弁当と言うんだ」

僕は、説明してくれるお父さんと目の前の豪華なお弁当を見比べた。説明された言葉の意味はほとんどわからなかった。

僕はその頃、ノブイチのお父さんの仕事を知らなかった。東京のあちこちに店を構えるおでんの老舗「一平」の二代目社長だということを知ったのは、それからずっと後のことだ。銀座四丁目——あの時計塔を冠した和光ビルの裏手にある四階建ての「一平　銀座店」を訪ねたのはさらにさらに後だった。この数十年後、ノブイチが三代目の社長になることなど、想像すらしていなかった。

僕たちは同じ高校へ進んだ。都立大崎高校では、二人揃って生物部へ入部した。生物部にはいくつもの班があって、中でも「発光バクテリア班」はちょっと有名だった。バクテリア観察のために、大学の研究室が電子顕微鏡の設備を使わせてくれていたほどだ。

生物部の花形は「発光バクテリア班」だったが、僕とノブイチはそこには入らなかった。それどころか、既存の班のどこにも属さず、生意気にも自分たちだけの班を作ろうと考えた。そもそも、僕は何故自分が生物部に入ったのか思い出せない。小学校の時に飼育栽培部に入っていたことがあるし、家で犬や猫を飼っていたこともあるが、生き物に対して、さほど興味を持っていたわけではない。たぶん、ノブイチと一緒に何かをしたいと思っていただけなのだろう。

僕たちが最初に作ろうとしたのは「アリ班」だった。二人で近所の公園へ行き、アリの巣穴を見つけて掘り返した。数十匹のアリを捕獲して菓子罐《かん》の中に土と一緒に入れて持ち帰ったが、翌日、アリは一匹残らず死んでいた。手当たり次第捕獲したために、どうやら複数の群れが混ざっていたらしい。群れ同士の衝突が、悲劇を招いてしまった。そもそも、肝心の女王蟻が捕獲できていないのだ。僕たちは、最低限の知識さえ持っていなかった。その年の新人部員には、僕たちだけでなくいい加減な奴が多かった。余談だが、僕と同じクラスにいた和田君はたった一人で生物部に「カビ班」を設立しようとして失敗した。部活最初の日、和田君はカビの培養《ばいよう》に使用する培地として食パンを選択した。食パンに青カビは実にポピュラーだ。実験前に培地の雑菌を殺しておかなくてはいけないと考えた和田君は、食パンを滅菌機に入れ、温度を最高にセットして数分待った。取り出してみると、培地にする食パンはこんがりと焼きあがっていた。それを見た和田君は、躊躇《ちゆうちよ》なくそこにマーガリンを塗って食べた。美味かったそうだが、彼は生物部を退部させられた。

クビにこそならなかったが、僕たちは途方に暮れていた。どうしても既成の班には入りたくなかったのだ。勝手な印象でしかないが、僕たちの学年にはかなりひねくれたのが多かったように思う。

そんな僕たちを見かねて、小野という先輩が生物室の机を回ってやって来た。持っていた小箱を差し出しながら僕たちに言った。

「これ、やってみたら？」

箱の中にはつがいのハツカネズミが入っていた。

「ネズミ……」

ウンとうなずくと小野先輩は僕たちから離れていった。それで、僕たちは高校の三年間を「ネズミ班」として生物部に在籍することになったのだ。ネズミが走り回るための迷路を作り、その学習能力を観察する実験を繰り返してデータをとる――表向きはそうだが、ひと月足らずで大量の子どもを産み増え続けるネズミの世話に、僕たちは忙殺された。

高校を卒業すると、僕とノブイチは別々の道へ進むこととなった。別の学校へ行き、別の人生を模索する。その頃から僕たちの関係は緩《ゆる》やかに離れていった。年に何度か連絡を取り合い、お互いの声を聞いて昔の記憶を甦《よみがえ》らせる。つい、あの頃の口調が戻る。そんな関係に移行した。

二〇〇五年六月、長く続いた「一平　銀座店」は、三代目社長佐藤信一の手で閉じられた。そして今、ノブイチは「一平　日本橋店」を現在の四代目に任せ、身を退《ひ》いた。

「よくやったと思うんだよね」

電話の向こうで、ノブイチは僕にそう言った。

僕たちは二人とも六十五歳になった。


（二〇一六年三月号）

別れが言えない銀座

岩松 了

私は上から女男女男女男と生まれた六人兄弟の末っ子である。私が小学三年生のとき、いちばん上の姉が結婚した。姉夫婦は東京に住んだ。長崎県の片田舎から東京に出たわけだ。私は姉に手紙を書いた。絵はがきで姉の返信が届いた。絵はがきは、きらめく銀座の夜景だった。姉の便りはこうしめくくってあった。

《了ちゃんも大きくなったら、こんなところを歩くのかな》

初めて銀座を歩いたのは、大学受験のために東京に出たとき。夜ではなかったが、思い返せば、歩道にそってガラスばりの店が並んでいた印象。私はそのうちの一軒で、初銀座の記念に、肩からもかけられる若草色のバッグを買った。十八歳のときである。

大学を中退した私は、在学中にはじめた演劇にも興味を持てず、ブラブラとその日暮らしをつづけた。そのうち、誘われるまま、ほかにやることもなかったので、また演劇をはじめ、ズルズルと年月を経るうちに、ハタと気づけば、三十を過ぎていた。生活の中心は新宿・渋谷・下北沢あたりで、銀座に出ることはまれだったが、並木座という映画館にはよく通った。いや、それくらいしか銀座に出ることはなかったと言ってもいい。ちょっと表通りに出ると、キチンと服を着た人たちが歩いていて、着のみ着のままの私は明らかに横道にそれており、姉が言った〝銀座を歩く〟とはことなる意味でそこを歩いている自分を知るのだった。

一九八六年、私はキチンと服を着て銀座を歩ける人間になりたかったし、演劇にはおさらばしようと思っていた。思っていたが、ここまでつづけてしまったのだから、一本だけ自分の納得のいく戯曲を書いてからにしよう、そう思いはじめてもいた。三十四歳のときだ。

私は演劇につきまとう傍若無人《ぼうじゃくぶじん》な自己主張が気に入らなかったし、観客に向かって熱く言葉を吐く役者たちに限りない違和感を感じていた。そんなとき、有楽町のスバル座で『ストレンジャー・ザン・パラダイス』という映画を観た。その映画に私は勇気づけられた。私が演劇でやりたいと思っていたことを、映画でやっている人がいる、そう思ったのだ。監督のジム・ジャームッシュという人が私とほぼ同じ年齢だったこともうれしかった。

演劇で私がやりたかったこと、一言で言うならそれは〝問題はいつも水面下にある〟ということだ。表立ってはなにも起こらないが、問題がないわけではない。それは隠れているから今は見えない。それだけのこと。『ストレンジャー・ザン・パラダイス』に私は、まさに、そのことを感じた。その年、私は『お茶と説教』という台本を書いた。町内の不動産屋の昼休み、ダラダラとした時間、緊張感のない人間関係、そのことにドラマを見出そうとしたのだ。

それを機に私は戯曲を書きつづけることになるのだが、当時それこそ宿命的に出会った映画だと思った『ストレンジャー・ザン・パラダイス』、今ではこう思っている。ジム・ジャームッシュという人が、当時の私とまったく同じことを考えていたわけではなかったのだろう。つまり私は、その時私に必要だと思ったことを自分の必要に応じて、その映画から受け取ったのだ。そのことを〝まったく同じ〟だと感じた。この人間の恐るべき思い込み！　むろん今でもその映画のことを、好きな映画のひとつとは言うが、オレのためにある映画だとまでは言わないくらいに私自身も成長したのだとは思う。

れる〃ことができたのだ。

ただ確かに〃出会った〃。そして、その出会いを卒業するという意味で、なんとか〃別

ならば、ならばである。並木座に通っていたころ、私が銀座に感じた疎外感。これもあるいはそのときの私に必要な感覚ではなかったのか。そうやって私は、私自身を感じようとしていたのではないか。そう思わざるをえない。そうやって私は銀座と出会っていたのだ。ちょうど黒板の脇に立ったハイソックスにサラサラ髪の都会からの転校生を見ていた小学生の私みたいに。

ではその疎外感を卒業し〃別れる〃ことができたかと言うと、未だ卒業はできていないし別れることはできないままだ。理由はわかっている。私が演劇を自分の職業と感じることができないからだ。心のどこかで演劇を、さもしい自己主張と感じつづけているからだ。見せて、ほめられて喜び、けなされて腹を立てる。この繰り返し、もっと大人になろうよと言いたい。言いたいが、それならば最初っから見せなきゃいい、という結論にかえりつくしかない。なんのためにやってるの？　演劇なんてものをさ。自分にそう問いかける自分を知るばかりだ。そんな自分に対する忠実な行いだと自分では思っているが、私は自分の芝居を観に来てくれた人に、自分から感想を聞くことはない。楽屋をたずねてくれた人には「奥さん、元気？」とか「こんなに苦労してんのに、全然やせ

ないんだよ」とか、芝居とはなるべく関係のない話をふるようにしている。演劇が必要か否かの問題は、この無関係な話の周辺に宿っているとさえ思っている。演劇を〝良いの悪いのといったこと〟から自立させる必要があるのだ。一種の矛盾と言うしかない。観てくれた観客との間に、観なかったかのような時間をつくり出そうとしているのだから。あるいはこういう言い方もできるかもしれない。自分が大切だと思っていることを、大切にしてるように見せたくはない。こんなことばかり考えてるのだから、演劇に職業意識など持てるわけもない。

さて四十七年前、きらめく銀座の夜景に《了ちゃんも大きくなったら、こんなところを歩くのかな》と書き添えた姉は今、武蔵野の林に面した家で、着実な老後を迎えようとしている。ずっと東京に住んでいながら、私の芝居を一度も観に来たことはない。そのことが私はうれしい。あれほど私の記憶に残った絵はがきのことだってまず覚えてはいまい。そのこともうれしい。私が演劇をやっているとき、姉が縁側で足の爪など切っていたら私はしびれる。だって、二人で築きあげた〝出会い〟と〝別れ〟の物語の心あたたまるラストシーンのようではないか！　そして夜、あの絵はがきのままの銀座で私が立ち往生しているとき、姉はテレビのバカ番組に大笑いしている……ああ、想像するだけで、

「美しき哉《かな》、人生！」だ。

（二〇〇七年十二月号）

最後の夢を生んだ街

植松伸夫

今からおよそ三十年前、一九八六年の話である。地下鉄の東銀座駅を出て歌舞伎座のある交差点を日本橋方面に曲がり、二〇〇～三〇〇メートルほど歩いた昭和通り沿いにある細長いビル、そこに僕らの会社スクウェアがあった。

一九八二年に大学の外国語学部を卒業したものの作曲屋への未練を断ち切れぬ僕は、三、四年ほど就職もしないで今でいうプータローのような極貧生活を送っていた。小さいころから楽器を習っていたわけでも学校で音楽を学んだわけでもないただの音楽好きの地方（高知）出身者が即座に仕事を手にできるような甘い世界ではないことくらいわかっていたつもりだったが、職を得られるその確率の低さたるや想像をはるかに下回っていた。あちこちの音楽制作会社に送るデモテープに対して色よい返事が戻ってくることもなく、ようやく単発の仕事をもらえたとしても二度目の連絡は来ない。

そんな自分に仕事を与えてくれたのが当時横浜の日吉にオフィスを構えるスクウェアというゲーム制作会社だった。今でこそ世界的なエンターテインメントとなったゲーム産業もそのころはまだ生まれたばかりの業界で注目度も低く、ましてやゲーム中に流れる音楽などに興味を持つ者など世の中にはまだだれもいなかったと思う。しかしそれが幸いしたのか僕のような箸《はし》にも棒にも引っかからない人間が作曲係として仲間に迎え入れてもらえたのだ。

そのころのスクウェアはスタッフ全員合わせても、二、三十人程度の小さな会社で、しかもその大半はアルバイトの大学生だった。みんなひどく貧乏で年中お腹をすかせていたものの、その代わりに胸の内は若者特有の根拠のない自信からくる夢で満たされていた。

僕が入社後間もなくして会社は銀座に移転することとなった。どうやらかなり安い物件が出たらしく無理すればスクウェアとしても借りられなくはない賃料だと言う。野望に燃える我々にとって日吉の器はもはや小さすぎたのである！（……とそのときは真剣に思っていた）。

時はバブルが始まったころだったろうか？　世の中全体が降って湧いたような好景気に浮かれ始めていた。スクウェアのような金も経験も持たぬ若者ばかりの弱小会社が銀座にオフィスを構えようとすること自体が今にして思えば相当にバブリーである。しかし僕らは興奮していた。なんてったってここは銀座だ。三越のライオン像や和光の時計塔ですら自分の庭の中。お金はなかったから日ごろの贅沢はできなかったけど給料日に煉瓦亭のカツレツやナイルレストランのカレーを食べに行くのが唯一の贅沢だったか（そういえば店の名前はもう忘れてしまったけれど銀座四丁目の交差点の近くにあった宝飾店で僕は婚約指輪を買った。婚約指輪の値段は給料の三ヵ月ぶんが目安と言われていた時代に僕が買えた指輪は給料の三分の一だったけど「銀座で婚約指輪を買ったのだ」というただそれだけで誇《ほこ》らしく思えたものだ）。

スクウェアとしても、「これからは会社をどんどん大きくしていくぞー！」「おぉーっ！」ということで社員を大幅に増員し始めた。二十代の男女で埋めつくされた社内はそれはもう大学の巨大なテニスサークルのような華やかさに溢れていた。

プータローだった不遇の数年間……あれは一体なんだったのだろう？　銀座での毎日の経験はそのどれをとっても新鮮で驚きに満ちおおいに光り輝いている。見上げる青空はこの先も自分の人生とともにあるに違いない。

社長の口から社員の大量リストラが告げられたのはある朝のことだった。受け入れがたい厳しい現実というものはいつも突然目の前に姿を現す。時代を先取りしすぎたのか我らがスクウェアのバブルは世間のどこよりも早くあっさりと崩壊してしまった。昨日まで机を並べていた同僚がきょうからはもういない。調子に乗ってはしゃぎすぎた我々を横目に「油断」と「読みの甘さ」ってヤツらが着実に会社の経営を蝕《むしば》んでいたのだ。これではいかんとばかりに慌てて手綱《たづな》を引き締めなおしたものの時すでに遅し。リストラを終えたあともスクウェアの不景気は続いた。そりゃそうだ。いくら安い物件とはいえここは銀座である。家賃を払い続けるだけでも台所は火の車だ。しかもゲームはなかなかヒットしてくれない。頑張っても頑張っても結果の出ない長い時間がスクウェアの社員とその財政を追い詰めていく。重苦しい空気が社内を支配していた。

スクウェアはもうダメかもしれない……トイレや給湯室ではそんな噂も囁《ささや》かれ始め、実際にそれはたんなる噂だけではなかった。上層部では銀座撤退どころかスクウェア自体の解散がほぼ決まりつつあったのだ。

「『最後の夢』をかけてあと一本だけつくらせてください！」

開発部長だった坂口博信が無理を通して社長を説き伏せ、最後にもう一本だけ作品をつくることが許された。我々は銀座をあとにして御徒町へとオフィスを移転しスクウェア最後の作品をつくり続けた。

一九八七年十二月十八日に「ファイナルファンタジー（最後の夢）」と名付けられ発売されたこのゲームは五十万本の大ヒットを記録し、スクウェアは奇跡の復活を遂《と》げた。ファイナルファンタジーシリーズは二〇一七年となった今でも制作が続けられ、これまでの全世界累計出荷本数は一億本を超えるという。

人間万事塞翁《さいおう》が馬。まったくもって明日の我が身になにが起きるかなんてわかりゃしない。ただひとつハッキリいえることがある。それは僕らが銀座に行って痛い思いをしなければファイナルファンタジーは生まれなかったということ。

そう考えると「最後の夢」を見るきっかけを与えてくれた銀座こそがファイナルファンタジーの生みの親であるといえなくもない。今となっては我々に飴《あめ》と鞭《むち》を与えてくれた銀座にただただ感謝するのみである。

初心で歩く街

内澤旬子

東京に住んで十六年になる。住んだとたんに出不精になり、偏屈さも増した。いまだに地下鉄を乗り間違えるし、新しくできた買い物施設など、恐れ多くて近づくこともない。

しかし銀座だけは、出不精なりに、なんだかんだと出かけている。髪を切るのも服を見るのも映画を観るのも、銀座か有楽町。飲食店だって、ポチポチとお気に入りの店がある。

銀座から「おまえ、歩いてもよし」と許されていると、勝手に思い込んでいるのだ。

一九九一年。大学を卒業して二年弱、まるで向いていなかった勤めを辞めて、私は派遣社員になった。仕事はデータ入力とファイリング。

はじめに派遣された仕事場は、新橋から銀座に向かって十分ほど歩いたところにある小さなビルの一室。さる料亭の事務所であった。当の料亭はどこにあったのか、近所にあったのだろうけれど、よく覚えていない。私の仕事は料亭が同時に経営するバーの伝票を淡々とパソコンに入力していくという、実に気楽なものであった。それで時給千四百円交通費別。

このあと、たくさんの会社に派遣されたけれど、ここほど楽でのんきな仕事はなかった。

この名前は某百貨店の社長さんですからと言われて、ひゃー、あの××の⁇とおののいたり、単位が一万円の、異様におおざっぱな勘定書きに驚いたり、伝票からいわゆる「銀座の水商売」の雰囲気に想いを馳《は》せたりしていた。

当時の派遣制度はまだまだ規制が厳しく、「派遣」という言葉に今ほどの悲壮感はなかった。景気は悪くなりつつあったものの、「派遣」はその仕事以外に達成したいなにかを待っている人が選ぶ、新しい働き方として、受け入れられていた。少なくとも当時二十代の女性たちにとっては。

染色作家を目指しているとか、三ヵ月フルタイムで働いては一ヵ月旅行に出かけるとか、さまざまな「わがまま」を聞いてくれるのが、「派遣」だったのである。

私もご多分に漏《も》れず、イラストを描き溜めては出版社や雑誌編集部に持ち込み営業をしながらの、派遣生活だった。

クリアファイルにたくさんのイラストを入れて、出版社やデザイン事務所を回った。営業と決めた日は一日三軒か四軒は回っていた。向かいもデザイン事務所みたいだから行ってみたらと言われて、アポイントもなしで飛び込んだら資生堂のPR誌『花椿』のADの事務所だった、なんてこともあったっけ。

不思議なほど苦にならなかった。本来人見知りが激しい性格なのに。仕事の経験も実績もないからこそできたのだろうし、どうしてもOL生活に戻りたくないという、気持ちも強かったのだろう。

実に幸運なことに、派遣兼持ち込み営業生活に嫌気がささないうちに、それなりに大きな仕事をいただく機会が回ってきた。中年男性向けの月刊雑誌の連作短編小説につけるカラーイラストで、作家と並んでプロフィールに顔写真まで載せてくださるという。いまや憂鬱な顔写真であるが、当時はイラストレーターという肩書きつきで、自分の写真が載ることがうれしくて、うれしくて、天にも昇る気持ちだった。

切手大の写真撮影のために、編集部に来なさいと指定されたその日、料亭の入力業務を終えてから、私は初夏の銀座の街を歩いたのである。

雑誌出版で有名なその版元は、東銀座にあった。銀座通りを松屋のところまでまっすぐ北に進み、右折して、昭和通りを越して、東銀座にあった。歌舞伎座の裏あたり。五時を回ってもなお明るい街を、てくてく歩きながら、ああ、自分は銀座で仕事をする大人になったんだと、誇らしさで咳《せ》き込みそうなくらい、興奮していた。

それまでにも銀座には何度も来ていたけれど、それはあくまでもお客さんとして、画廊を覗いたり文具を買ったりしていただけ。

でもきょうからは違う。私はこの街の会社と仕事をしてるんだ。

じっくり思い返せば人様のお情けもあっていただけた仕事であり、ギャラがいくらかもまだ聞かされてもいないのに、まるでもう一人前のイラストレーターになれたかのように錯覚していた。

当時の銀座は、その東銀座にある版元が一九八八年に鳴り物入りで『Ｈａｎａｋｏ』という働く女性向け情報誌を創刊し、お金持ちのご老人たちの街というイメージから、丸の内ＯＬたちが遊ぶ、シックだけれど新しい、華やかな大人の街として、知られるようになったところ。

ブランド服どころかヒールの靴すら履いていなかったのに、私はすっかり銀座を歩くのが好きになった。

とはいえ当時立ち寄っていた店は、各所に点在する画廊のほかは、奥村書店、博品館、教文館、福家書店、伊東屋、鳩居堂……と、書店か画材店ばかり。服を見るなんて恐れ多い、いやお茶すら飲んだ記憶がないのである。それでよくもまあ銀座の一員と思い込んだものだと可笑《おか》しくなる。

そのうち京橋にある版元からも仕事をいただくことになり、歩き回るうちに、私は新橋から銀座有楽町をはさんで東京駅までの地理を把握した。東京にはいわずもがなであるが、八重洲ブックセンターがある。

あれから二十年あまりが経って、街も私も、いや日本全体が変わり果てた。それでも銀座を歩くと必ず、心のどこかであの初夏の日の、ただただ晴れがましくも浮かれた気持ちを思い出す。

今まで仕事をしていて、あの日と同じくらい浮き立つ気持ちを、持ったことがあっただろうか。取材時やプライベートを別にすると、ほぼないのである。講談社エッセイ賞をいただいたときでさえ、あそこまで喜ばなかった。あれがいわゆる「初心」というものなのか。ならば大事にせねばなあと思いつつ、先日も日比谷シャンテで映画を観て、プランタン銀座のセールを覗いてきたばかりである。

銀座と映画と僕のはなし

大根 仁

千葉の船橋で育った自分にとって、子どものころ「東京へお出かけ」といえば、銀座方面だった。家族の小さな祝いごとのときは三笠会館、特別な買い物をするときは日本橋髙島屋、そして映画は日劇かテアトル東京。

今、僕は映画監督として仕事をしているが、つくり手としての意識はほとんどなく、あくまで観客として観たいもの、いち映画ファンとして楽しめるエンターテインメント作品をつくることを心がけている。それはおそらく幼いころに父親や兄に連れられて観た映画体験があるからだと思う。

小学校一年生のとき、ある日曜日に新聞を読んでいた父親が突然「銀座に映画を観に行こう」と言いだした。午後から友だちと遊ぶ予定があった僕は内心断りたかったのだが、「ひょっとしたら映画のあとに髙島屋の食堂で、ホットケーキが食べられるかもしれない」と思い、ついて行くことにした。母親と兄は別の用事があったので、父親と二人だった。

着いたのは日劇、映画はチャップリンの『街の灯』『モダン・タイムス』の二本立てだった。おそらくチャップリンの特集上映かなにかだったのだろう。看板の白黒写真を見て、僕は嫌な予感がした。

小学一年生に何十年も前の白黒映画に対する興味があるわけがない。当時、ザ・ドリフターズや宇宙戦艦ヤマトに夢中だった僕にとって、看板の中のチャップリンは古くさく、つまらなそうなものにしか見えなかった。しかも二本立て？　ホットケーキと引き換えても割に合わない。僕はせっかくの日曜日が台なしになってしまった暗い気持ちで日劇に入った。せめてお菓子でも食べながら観ようと、当時子どもに人気だったスピンというスナック菓子を買ってもらった。

ところが、映画がはじまった瞬間から僕はスクリーンに引き込まれた。浮浪者チャップリンと盲目の少女の出会いにときめき、少女のために駆け回るチャップリンに胸が熱くなり、ボクシングシーンで腹がよじれるほど爆笑し、強盗と間違えてチャップリンを警察に突き出す富豪にイライラし、そしてラストの二人の再会に涙があふれ出た。『モダン・タイムス』はとにかく笑った。有名な工場のシーンではセットの豪華さに笑いながらも驚いた。ドリフターズのセットなんか目じゃない。自動給食マシーンの実験台になったり、巨大な歯車に巻き込まれるシーンは、もうほんとうに驚いた。そしてヒロインのポーレット・ゴダードの美しさに惹かれた。六歳のガキが言うことではないが、あんなに綺麗な女性を見たのは生まれて初めてだった。映画が終わるころ、手にしていたスピンはほとんど減っていなかった。

原体験というほど大げさなものではないが、あの日チャップリンの映画を父親と観たことが、今の自分につながっていると思う。そのあと、髙島屋でホットケーキを食べたかどうかは忘れてしまったが、それから僕の一番の娯楽は、「日曜日に銀座で映画を観ること」になった。

三年後の一九七八年夏、『スター・ウォーズ』が公開された。「夏休みになったら連れて行ってやるよ」という四歳上の兄の言葉を信じて、僕は夏休みを心待ちにしていた。ところが八月のある日、兄は「やっぱり友だちと行くから、お前は連れて行けない」と言い放ったのだ。自分で言うのもなんだが、僕は聞きわけのよい弟だった。常に家の中の空気を読み、おどけたり、笑いを提供するかわいい末っ子だったと思う。だがこの言葉には激怒して泣いて暴れた。そのあまりの暴れっぷりに母親が動揺し「約束したんだから連れて行ってあげなさい！」と兄を叱り、一緒に連れて行ってもらうことになった。

劇場は今はなきテアトル東京。スーパー・シネラマ方式の大スクリーンに集客数千人以上という日本一の巨大映画館。今になって思えば『スター・ウォーズ』を観るのにこれ以上はない最高の環境である。客席はもちろん満員で、僕の席は前から五列目くらいのど真ん中だったと思う。

20世紀フォックスのクレジットと勇敢な音楽が流れ、あの有名な字幕【遠い昔、はるか彼方の銀河系で……】が浮かび上がる。「え？　宇宙の話なのに昔話？　どういうことだ⁉」と思ったのもつかのま、タイトルとともにテーマ曲が大音量で流れる。心臓を鷲掴《わしづか》みにされるとは、あのことだろう。そして登場する宇宙船スター・デストロイヤーの船腹……デカい！　とにかくデカい‼　なんだこれは⁉　さらにロボットR２－D２とC－３POの登場。すげえかわいい！　しかもちゃんと動いている！

あの瞬間、僕の人生は決まったのだと思う。もちろん「映画監督になろう！」なんて具体的なことは考えたわけではないが、おぼろげながらも「スクリーンに映し出される世界の向こう側に行ってみたい」と子ども心に思ったのだ。

『スター・ウォーズ』に圧倒されて映画館を出ると、兄とその友達に連れられて、マクドナルドに行った。銀座一号店のマクドナルドでハンバーガーとポテトとコーラを買って、歩行者天国のテーブルに座って食べた。

「うまい‼　なんだこれ⁉」人生初のマクドナルドハンバーガーの味は『スター・ウォーズ』と同じくらい衝撃だった。夢中になって貪《むさぼ》っていると、ローラースケートで通り過ぎた外人の耳に、観たこともないものが装着されていることに気づいた。

「お兄ちゃん、あの外人が耳にしてるのなに？」「ああ、あれはウォークマンだよ」。スター・ウォーズとマクドナルドとウォークマン、小学生が一日で受ける衝撃としては完全に容量オーバーである。その夜、僕は知恵熱を出して寝込んだ。

　中学生になると一人で映画を観に行くようになった。名画座で安いチケット代で二本立て、三本立ての映画が観られることも知り、「ぴあ」を片手に並木座やシネパトスに通った。高校生になると新宿や渋谷や、いろんな街の映画館や名画座に行くようになったが、大人になった今でも「映画を観る」という行為はやっぱり銀座がいちばんしっくりくる。昨年末に公開された『スター・ウォーズ』の最新作も、もちろん日劇で観た。周りにはあのころの僕のような小学生が、半口を開けながらスクリーンに引き込まれていた。

銀座が私の初舞台

岡田茉莉子

私の幼いころ、それも戦前の、まだ平和な時代だったが、銀座は子供心にも、お遊戯をする華やかな舞台のように思われてならなかった。

当時、まだ橋が架《か》かっていた数寄屋橋《すきやばし》付近には、街頭写真屋が集まっていて、母に手を引かれて歩く私に向かって、いきなりシャッターを切ると、「いかがですか」と紙切れを渡す。それに住所、名前を書き、代金を支払うと、後日写真が送られてくる仕組みになっていた。こうして撮られることを意識してか、女の子らしく可愛く振る舞おうとするのが、もっとも古い私の銀座の思い出である。

おそらくそれは母の教育のひとつだったのだろう。父を知らずして育った私はひどく人見知りで、宝塚出身の母と、同じ宝塚出身の母の妹に育てられ、そうした母子家庭であることを心配した母が、大勢の人が集まる銀座に私を連れてゆくようにしたのだろう。

やがて戦争が激しくなり、東京が大空襲を受けた一九四五年の春、母の妹が結婚していた東宝のプロデューサー、山本紫朗《しろう》が新潟宝塚劇場の支配人となり、私も一緒に疎開。そして終戦後も、この地で六年間を過ごした。

五一年の春、高校を卒業した私は東京に戻ると、亡き父がサイレント時代のスター、岡田時彦《ときひこ》であったことから、運命の糸に操られるようにして、成瀬巳喜男《なるせみきお》監督の東宝映画『舞姫』で、新人女優としてデビュー。その上映初日である八月十七日、私ははじめて日劇の舞台に立って挨拶、銀座が私の初舞台となったのである。

その後日劇の舞台には、東宝を離れて松竹に移るまでの六年間、お正月の「スター・パレード」や、「春の踊り」に特別出演、越路吹雪《こしじふぶき》さん、久慈《くじ》あさみさん、八千草薫《やちぐさかおる》さん、池部《いけべ》良さん、小林桂樹《けいじゅ》さんたちと歌い、楽しく踊った。

叔父の山本紫朗は、当時日劇の演出を担当、また秋には毎年、大銀座まつりの演出をしたりして、銀座とは縁の深いひとだった。そうした叔父に紹介されて、音楽プロデューサーの渡邊《わたなべ》美佐さんと親しくなり、銀座一丁目にあったクラブで、渡辺晋《しん》とシックス・ジョーズ、鈴木章治《しょうじ》とリズム・エースの演奏で、ジャズを歌ったりした。こうした経験が、女優としての私に大きな自信を与えたことだろう。

当時十五歳も年齢が違っていながら、数多く共演し、ラブシーンを演じたりした池部良さんも、日劇の舞台で一緒にジャズを歌うときには、よく歌詞を忘れて、私が代わりに歌ってあげたりした。照れ屋だったからだろうが、立ち往生する池部さんの戸惑った姿が、かえって観客を楽しませることを、ご存じだったのだろう。

もちろん銀座は、私にとって楽しい買い物の街でもあった。そして女優「岡田茉莉子」となった私が、最初に銀座で買ったものは、化粧ケースだった。それまでは化粧することが嫌いだった私も、女優になった以上、メーキャップに専念しなければならない。当時共演していた小林桂樹さんに紹介されて、有楽町にあった舶来品輸入専門店、「サンモトヤマ」に行き、イタリア製の美しい緑色をした、革製の化粧ケースを買い求めた。このお店はいまでも並木通りにあり、オーナーの茂登山長市郎《もとやまちょういちろう》さんとは、六十年越しのお付き合いをしている。

その後、七〇年の春には、私はかならず銀座にはあると信じて、日傘を探したことがある。まもなくクランク・インする吉田喜重《よししげ》監督作品『煉獄エロイカ』で、私が使用する日傘だったが、それもただの日傘ではなかった。この映画のなかでは、現実と非現実とが重なりあい、過去、現在、それに未来の時間までもが描かれており、八〇年代を生きる私がパラソルを差して、未来都市を歩むシーンがあったのである。

まだ目にすることのできないはずの、幻の日傘。それがさすがに銀座！　みゆき通りの小さなお店のウインドーで見つけることができたのだが、それはイタリア製の四本の骨しかない、四角いパラソルだった。映画の中で私がそれを差して、荒涼とした未来の空間をさまよう姿は、私が愛してやまないショットのひとつとなっている。

こうして私の銀座を思いかえしてみると、私を優しく見守ってくれる街でもあることに気づく。晴海通りにある鰻《うなぎ》の「竹葉亭」は、亡き父、岡田時彦が好んで通ったお店だという。胸を患っていた父は、私が一歳のときに亡くなったのだが、それでも父は、私のために一日でも長く生きようとして、栄養ゆたかな蒲焼を食べようとしたのだろうか。

母との思い出もある。私が女優としてデビューした時のお祝いに、母は私の誕生石の指輪をプレゼントしてくれたのだが、そのケースには、「和光」のマークが付いていた。この母とは、ふたりで銀座に出るたびに、「千疋屋」や「資生堂パーラー」で、お茶を飲んだり、楽しく食事をしたりした。その母も亡くなってから久しい。

だが、銀座は思い出の街というだけではない。いまも私は、銀座とともに生きている。三丁目にある「ヤマノ・ビューティーサロン」は長らく行きつけの美容室であり、私の安息の場でもある。先代の山野愛子さんとは、女優デビューのころから親しくしていただき、私が岡田茉莉子となってゆく姿を、見守ってくださった。

私が吉田と結婚、挙式をヨーロッパですることになったとき、それを残念がられた山野さんは、帰国後の披露宴では、「文金高島田」をどうしても結わせてほしいといわれ、お願いしたのも、昨日のことのように思い出される。

最後に銀座といえば、だれしもが四丁目の交差点を思い出すことだろうが、それが映画女優であるばっかりに、撮影にまつわる可笑しい記憶がよみがえってくる。

井上靖さん原作、中村登監督の松竹映画、『河口』の銀座ロケがあったときのことである。人通りの激しい四丁目交差点を私が歩くシーンを撮影するのに、隠しカメラで撮ることになっていながら、演出のオーバーな中村監督は「隠しカメラ、本番！ヨーイ、ハイ！」と大声で叫び、通行している人たちがいっせいに私がいることに気づき、撮影ができなくなってしまったのである。

四丁目の交差点を渡るたびに、私は笑いを嚙《か》みしめるようにして歩いている自分に気づく。それが私の銀座でもある。

奇妙な思い出

金井美恵子

ついこないだのこととまではいくらなんでも思わないのだが、それほど昔という感じでもないまま思い出すことがある。

ところが、ちゃんと記憶を勘定してみればなんと三十二年も昔のことになっていて、われながら多少のたじろぎを覚えないわけではない。

世の中には、こういったことを公正さに欠けるといって不快に思うむきもあるのかもしれないが、三十二年前、吉行淳之介がなんとも鷹揚《おうよう》に、ごくあたりまえのことを口にしているという自然な口調で、今度小説集を出したら泉鏡花賞をやるよ、と言い、なにを言ってるのだろうと本気にしなかったのだったが、ちゃんと受賞したのである。なにしろまだ若かったので、自分ではもっとずっと自信作だと自負していた小説が賞の対象にならなかったことが不満だったが、作品というものはそれを発表したリアルタイムで、よき読者とめぐりあえるというわけではないのだ、と子供っぽくというか虚しく自らを慰《なぐさ》めたとはいえ、それ以後何回かお目にかかる機会のあった吉行さんのことを思い出すと、それはそれとして――『単語集』ではなく『プラトン的恋愛』が受賞作だったこと――とても得をしたような気持ちになる。ある意味で、吉行淳之介と大岡昇平さんを通して、いわゆる文壇という歴史的な集団をほんのわずかではあるけれど垣間見たのは、大文字で特筆すべきほどのことではないにしても、そうした世界がすっかりなくなってしまった今となっては貴重な体験ということになるのかもしれない。

たとえば、姉と一緒に映画を見に銀座へ出て、映画を見終わって、別のときはたまたま、途中で喘息《ぜんそく》の発作がおきかけたので映画館を出てきたという吉行さんに、ばったりお会いしたということが二度ほどあった。どちらのときも銀座のバーのホステスなのだろうかと見える女性と一緒だったのだけれど、二言三言その女性に小声でなにかを言ってごく自然に、私たちに気をつかわせずに別れて、お茶でも飲むかい？　と誘ってくれるのだった。和子さんと理恵さんの二人の妹を持っていた吉行さんは、姉妹というものをよく知っているようで、私たちに対しても、どこかざっくばらんな長兄的態度で接しているようで、男の兄弟というものがいないこちらとしては違和感を持ちそうなところだが、そうは思えないのが、やはり姉妹の長兄として育った澁澤龍彥と似ていて、一緒にいると、パーティーや酒場の席で私が妙にえらぶった批評家や編集者にからまれても絶対こちら側の味方をしてくれるという安心感があったし、実際そうなのだった。

そして、吉行さんの最大の特徴といえば、ジャン・ルノワールが自伝の中で書いていたサン＝テクジュペリの魅力と同質の女たちからのモテ方だろう。ルノワールは周囲の女たちがサン＝テクジュペリを眼にするや、例外なく、自分などには見せたことのない、心底うれしそうな晴々とした表情を浮かべて彼を見つめる、と書いているのだが、私たちも、吉行さんについて同じような経験をしたのだった。

なかでも、はっきり覚えているのは、ある鍋料理屋へ、あれはどなたかの招待だったのか鏡花賞の後で連れて行っていただいたとき、その店の超ベテランの二人ともう少し年の若い三人の仲居さんたちのうれしそうに浮き浮きした様子の世話の焼き方で、ほかのお客に対する態度とはまるで違うのだ。彼女たちのみならず、バーのママやホステスやウエートレス、仲居、芸者、といった女性たちが、気持ちよくうれしそうな顔をして吉行さんに接しているのを見るのはいつものことだけれど、三人の仲居は、姉の意見によれば、四国から帰ってきた「坊っちゃん」にご馳走をつくって食べさせてやっている

「清」がこうだったのではないかというくらいうれしそう、ということになり、私も同じように思った。ほかに男の批評家と小説家がその席にいたのだったが、批評家などは、火にかかってまだ穴から湯気の立っていない鍋の蓋を取ろうとして、こっぴどく叱りつけられるし、小説家のほうは仲居さんたちの雰囲気を敏感に察知して、自分だってモテるほうだけれど、吉行さんにはかなうはずがない、という顔をしているのである。

　女性（どちらかというと中高年以上の）からのモテぶりを目のあたりにして、私たちとしては感動的な気持ちになったのだったが、後でお目にかかったとき、あの清たちと坊っちゃんの印象を伝えると、吉行さんは、ああ、あれね、と軽く笑い、あのお姐さんたちは元娼婦（どういう表現をしたのか、正確に覚えていないのだが、意味としてはこういうことである）で、それがこちらと向こうでお互いにピンと来る、おれはそういう女性たちに人気があるんだよ、と言うのだった。吉行淳之介の小説を愛読していれば、いかにも納得のいくタイプの言葉だったのだろうが、それは今でもまったくなので、作品論的解釈は全然できない。

　その話が出たときかそれとも別のときだったか、銀座の小さなバーで夕方待ち合わせてそれから別のところで食事をご馳走してくださるというので姉と二人でバーに行くと、お客の来ていない店内に銀座のホステスには見えない、ホット・パンツの若い女性が二人いて、自分たちはホステスではなくアンマだと私たちに言うのである。私たちがマッサージを？　と眼を丸くして訊くと、二人は、首を振ってパンマ、パンマと明るく答えるのだった。少しして現れた吉行さんは、あれ、いたの？　と彼女たちに声をかけ、彼女たちは、うん、もう行くところ、と答えて店を出た。

本当に別世界の不思議な人だったなあと、夕方以降の時間、銀座を歩いているとき、吉行さんのことを思い出すことがある。

（二〇一一年四月号）

おやかましゅう

金子國義

いつの時代の想い出も、今では僕の宝物になっている。思えばまれにみる個性的な家族に囲まれて育った。祖母は三十五歳で後家になってから、自分の三人の息子たち可愛さのあまり、広い家があるにもかかわらず町内一番にしたいと、爵位《しゃくい》のある方の別荘を買いこみ移築して三家族一緒に住まわせた。おかげで僕のまわりは賑やかだった。

父は長男で軍人となってお国のために尽くしていた。僕が生まれてまもなく、父が戦地で活躍をして万里《ばんり》の長城で日の丸の旗を掲げた姿が当時の朝日新聞の一面を飾って家中が喜んだと聞かされ、後に写真を見てはこれが父なのかと思った。

戦地から帰国して家に帰ってきた父の凛々《りり》しい姿を見た。偶然、離れ座敷の二階で白《しら》鞘《さや》の刃を抜いて白い布地で打粉《うちこ》を叩きながら刀に見入っている姿をのぞいて、僕は腰をぬかした。父は僕を国に捧げるつもりで、國に忠義を尽くすという意味で、僕の名前をつけたと後から聞かされた。母は反対してお国のために捧げるとはなにごとぞと、船来の洋服を着せて溺愛してくれた。父には謡曲を叩きこまれ、母には踊りの振りや歌を歌っては喜ばれ、とうとう家中の子役スタアになってしまった。

叔父二人は当時、二〇〇番のエジプト綿ポプリンのワイシャツ地を織って、宮内省御用達となって、天皇陛下お買い上げを誇りにしていた。昭和十五年の東京オリンピックに向けて五輪のマークを入れてデザインしたが、戦争が始まって無念にも反物はおじゃんになってしまった。

叔父の嫁も綺麗な人で、少女時代に戦前の宝塚の大スタア小夜《さよ》福子と葦原邦子《あしはらくにこ》の家に住み込んだぐらいのファンだった。僕が小学六年生ぐらいのとき、「あげるわよ」と百枚ぐらいのブロマイドをちょうだいして、板の間のあった所でタップダンスの教えを受けたこともあった。

いっぽう、母方の伯母は歌舞伎好きで毎月欠かさず観に出かけては、帰りに家の前を通るときにちょいと顔を出して、きょうの六代目はよかったわよ、梅玉《ばいぎょく》が綺麗だった、と話し込んで「おやかましゅう」と言っては帰る素敵な人だった。

戦後初めて宝塚が東京に来たとき、姉に朝四時に起こされて劇場の切符を買い、二人で春日野八千代と乙羽信子の『リラの花咲く頃』や、『ファイン・ロマンス』を公演のたびに観た。前列四番目の中央の席にたてこもりそのたびに姉は興奮して「ヨッチャン！」と声をかけていた。

ミッションスクールの中学に入ってから、友人の五十嵐晶ちゃんと銀座教会の日曜学校に毎週通っていた。今は改築してしまったが、当時の教会は天井が高く、ステンドグラスから射し込む明かりと蠟燭《ろうそく》で薄暗く、荘厳な儀式で終わる。教会に来る少年少女たちはみんなお洒落をしていた。生徒たちは、それぞれ学年別に分かれて小さな部屋に七、八人集まり、宣教師の先生と聖書ものがたりや映画の話などをして、月に一度は近くの有楽座や日比谷映画のロードショーを観に行った。『誰《た》が為に鐘は鳴る』でのショートカットにしたイングリッド・バーグマンは印象的だった。生徒全員で野尻湖へキャンプをして楽しんだことも忘れられない想い出の一つだ。

日曜学校の終わった後は銀ブラのコースがだいたい決まっていた。まず、日比谷にあったCIE図書館で外国のモード雑誌や画集を見る。四丁目の和光が駐留軍のPX（進駐軍のための売店）だったので日本人は入れなかった。僕たちは舶来品を見てまわり、みゆき通りの近くの喫茶店「ガス灯」にも足を運んだ。そのときの「ガス灯」は銀座好きの人たちが集まる洒落たお店だった。お店のマッチが中原淳一のデザインでガス灯と黒猫の絵が描いてあり、行くたびにもらって帰ってきた。

日比谷映画の裏手にあった「セ・シ・ボン」のエッフェル塔のデザインのマッチも洒落ていて、当時、無地の着物に薄い色合いの短い茶羽織を着た山口淑子《よしこ》とイサム・ノグチが店の中で立ち話しているのを見たとき、洒落た大人の極上のセンスを感じた。今はなくなったが、並木通りにあったフランス料理の店「レンガ屋」の内装は佐野繁治郎《しげじろう》のデザインで料理も洒落ていた。「銀座百点」の昭和三十年の創刊号から表紙を手がけた、僕のもっとも好きな画家だ。

『ブギウギ巴里』を観て以来ファンになった越路吹雪が昭和二十六年に宝塚を退団し、ヤマハホールでの第一回のリサイタル公演を観た。真木小太郎の衣装で歌う彼女の、ほかの歌手とは違った不思議な魅力に陶酔した。七丁目にあった「銀巴里」もよく通った。丸山明宏（美輪明宏）が出てきたころで、やはり変わった魔力を持つ薄化粧した青年に魅かれてよく観に行った。日劇での『ライラックタイム』の公演で『メケ・メケ』を女装して歌った彼は、ほかの歌手より群を抜いていた。

大学生になった昭和三十年、母と姉と三人でよく銀座へ出かけた。この三人組の銀ブラのコースは呉服屋さん巡りだった。白洲正子がお店に出ていた「こうげい」に直行して、芹沢銈介《せりざわけいすけ》や立花長子などの作家ものをしこたま買い込んで常連になった。無地のざざんざ織の着物に格子の織帯、一丁目柳通りにあったころの「むら田」であつらえた太い洒落た帯締めを締めて当時封切られた『麦秋』や『秋刀魚《さんま》の味』などの小津安二郎の映画に着物を合わせて観に行くこともたびたびだった。

母と二人で銀座に出たときに「資生堂パーラー」の前で、水木流の家元になっていた栗島すみ子にばったり出会った、母は昔から彼女のファンだったので思わずご挨拶のお辞儀をしたら栗島先生もご丁寧にお辞儀を返した、僕は思わず「やったね！」と叫んだ。成瀬巳喜男の『流れる』に出演するだいぶ前の話だ。

銀座通いは今でも続いて、昼間は金春《こんぱる》通りの「東哉《とうさい》」や「平つか」。夜の遊び場は行きつけのバーがお決まりのコースで、最初に行くのが、文壇バー「アイリーン・アドラー」。ここで勘九郎時代の中村勘三郎さんと出会った。

先代勘三郎と僕の師匠の長坂元弘が六代目菊五郎の部屋子で親友だったので、舞台美術は長坂が手がけたものが多かった。会って意気投合して勘三郎さんが「僕の襲名披露の口上の美術を」とその場で頼まれ、実現した。

その次は新橋出の美しいママがいる「中里」と、いつも繁盛している「サロン・ド慎太郎」。このバーのママ三人が集まると話が止まらない、名付けて『銀座三婆』と。

ブルーノ・タウトの小箱

隈　研吾

僕がまだ小学生のころの話である。そして少し銀座とかかわりのある話である。

ある晩、父が応接間の棚の上のほうから、小さな木製の箱を下ろしてきた。直径二〇センチ、高さ一〇センチ程度の上品な光沢のある、円形をした蓋付きの箱であった。どろくさい民芸風でもないし、かといって冷たい感じのするモダンデザインとも違う不思議な質感をもった小箱だった。「ブルーノ・タウトという建築家、知っているか」世界的な建築家がこの小箱をデザインしたという父の自慢話をひとしきり聞いたあとで、箱を裏返してみたら、カタカナと漢字で「タウト／井上」という焼き印が押してあるのを発見した。「なんだ、日本語じゃないか、日本製じゃないか……」少し拍子抜けした感じがした。

大学に入って建築を勉強しはじめ、聞き覚えのあるタウトについて調べているうちに、「タウト／井上」が、建築史のエピソードとして知られる、価値のあるアイテムであることを知った。

ブルーノ・タウトはナチス・ドイツから共産主義者という嫌疑をかけられ、一九三三年シベリア鉄道でドイツを脱出し、日本海をわたって日本にたどりついた。身よりも知人もない極東の異国日本で、この建築家を助けたのが、高崎の建設会社、井上工業のオーナー井上房一郎《ふさいちろう》だったのである。

井上は高崎の達磨《だるま》寺という寺の一室をタウトに提供しただけではなく、タウトに家具や小物を自由にデザインさせ、それらを販売する店を銀座七丁目の角に開いた。店の名をミラテスといった。そこで売られていた物にはすべて、「タウト／井上」という例の焼き印が押してあったのである。

デザイン小物などという商品が社会的に認知されるはるか前の時代に、銀座にそんな店を開こうというのだから、井上というのはかなり新しいもの好きであったらしい。そこに顔を出した父も同じく変わり者ではあったに違いない。明治四十二年（一九〇九年）生まれの父は日本橋で育ち、二十代の遊びざかりは銀座を庭としていたらしい。そのころ、七丁目のミラテスで買い求めたとすればタイミングはぴったりなのである。

タウトは三年後に日本を去ってミラテスも閉じられるが、井上は戦後も映画『ここに泉あり』で知られる群馬交響楽団の設立の中心人物として活動したり、自分のアートコレクションを寄付して、群馬県立近代美術館をたちあげ、設計を若き磯崎新《いそざきあらた》にまかせるなど、目ききの文化のパトロンとして大活躍するわけである。

その歴史上の人物と思っていた井上房一郎に直接仕事を依頼されることになるとは学生時代には夢にも思わなかった。

時は一九八九年、バブルの真最中である。津波ですっかり有名になったタイのプーケットの沖、マイトンという名の小島に井上工業と島のオーナーであるタイのヒランプルックファミリーとが協同でリゾートホテルを作るので、その設計をやってくれというのである。プロジェクトの中心人物は房一郎さんの孫の健太郎さんである。健太郎さんとは毎晩のように飲んでは夢を語り合ったが、房一郎さんは九十を超す高齢で打ち合わせにはほとんど顔を出さない。

「タウトってどんな人だったのですか」どうしても話が聞きたくて、ある日高崎の自宅を訪ねていった。房一郎さんの記憶は鮮明であった。「図面を書くのが早い男でしたよ。もぞもぞひとり言を言いながら、あっという間に図面を仕上げちゃうんです」

円い小箱はいつのまにか井上さんと僕をひきあわせてくれたのだが、話はまだ終わらない。

一九九三年、当時バンダイの社長であった山科《やましな》誠さんから熱海にゲストハウスの設計を依頼された。敷地を調査していたら、隣の家から婦人が挨拶にあらわれた。「設計をやられるんですか。それならうちをご覧になってください。ご興味もたれると思いますよ」

二階建ての普通の木造長屋である。どこがおもしろいのかまったく見当がつかなかったが、隣とは仲良くしていかなくてはいけない。案内されるままに、地下室へと階段を下っていった。

突然、大きな明るい空間が開かれた。仰天した。なんとここはブルーノ・タウトが設計したまぼろしの住宅といわれる日向《ひゅうが》邸だったのである。湘南あたりの海際にたっているという程度の曖昧な記憶であった。それがまさか、自分の設計する敷地のお隣さんとは。

日向邸は不思議な作りの家である。熱海の崖の際に木造の二階屋があり、崖にはり出すようにコンクリートのフレームを作って、その上に芝をいれて庭園としていた。このコンクリートのフレームの下部のスペースを利用して、地下室を作ろうという計画が持ちあがり、その設計が日本に滞在中のタウトに依頼されたのである。

すでに世界的名声を得ていたタウトからしてみれば小さな仕事である。それでもタウトは全力を傾け、不思議な空間を実現した。地下でもあり、地上でもある空間。庭の下に隠れているので、どこからも存在は知られない「見えない建築」。ガラス戸は全開可能で海と人とがひとつになる。建築とは形態ではなく自然と人間との関係性であると、タウトはこの家を説明している。

日向邸から僕はいろいろなことを学んだ。その隣に僕が設計したゲストハウスには「水／ガラス」という名前をつけた。海と人とをひとつにするために、タウトの本を読みあさり、彼のディティールを研究した。それほどに日向邸はすばらしかった。タウトの人生の蓄積が、そのディティールの隅々に込められていた。

振り返ってみれば、父が棚の上から大事そうに下ろしてきたあの小箱が僕の人生をずっとリードしてくれたような気がする。タウトが導くままに僕は図面をひいてきたといってもいい。とするならばある日の夕方、会社帰りの父が、七丁目の角のショーウィンドウをのぞいた一瞬からすべてがはじまったのかもしれない。

タウトは三年間日本に滞在し、いくつかの家具と小物をデザインし、日向邸、大倉邸と、二つの住宅をデザインした。日本を離れてトルコに渡り、二年ののち過労が原因で客死した。

銀座のこと

ケラリーノ・サンドロヴィッチ

「それは銀座ではなく有楽町だ」と言われるかもしれないが、「銀座」と聞いてまず思い出される景色は、日劇のドシンとした、自信満々の面構《つらがま》えと、その横に申し訳なさそうに小さくかしこまっていた日劇文化。その向かいのニュー東宝シネマ1、シネマ2、という双子の映画館。

父がジャズ・ミュージシャンだったことや、生家（渋谷・円山町）の近所に往年の名喜劇俳優・森川信《しん》氏がお住まいで、赤ん坊のころからずいぶん可愛がってもらった縁などもあり、私にとって銀座といえば、日劇でクレイジーキャッツや雲の上団五郎一座などのコメディアンたちの名演珍演を楽しむ華やかな土地、というのが幼少期のイメージ。

何十年か早く生まれていたなら浅草通いになっていたかもしれない。

小学校も高学年にさしかかったころ、チャップリンの連続リバイバル上映が始まって、すっかりサイレント・コメディーのとりこになった。最初は父親に連れられて、やがては一人で通うようになったのは、「それも銀座ではなく日比谷だ」と言われるかもしれないが、今は亡き有楽座。『モダン・タイムス』『街の灯』『独裁者』。超満員の客席で大笑いしながら観た。チャップリンが大ヒットしたものだから、すぐさまキートンの再上映が始まった。こちらのホームグラウンドだったのが、前に記した東宝シネマ2だ。有楽座に比べると小ぢんまりした映画館だったにもかかわらず、客はまばらだった。

詳しく書くといくら文字数があっても足りないから書かないけれど、大衆にはそっぽを向かれる結果になった、このバスター・キートンとの出会いこそが、自分の未来を決定したと言っても過言ではない。私は朝一回目の上映から最終回まで、ずっとこの映画館の中にいた日が、十日間はある。当時映画館は入れ替え制ではなかったから、外に出なければ何度でも観ることができた。持ち金はすべて入場料に消えていたから、食事代などあるわけがない。腹をグウグウ鳴らしながら、終日キートンの悪魔的な世界を浴びるように楽しんだ。ある日、休憩中、ロビーの売店に並んだ菓子類を眺めていた。朝から何も口にしていない少年の眼差しはさぞかし物欲しげだったことだろう。売店のおば

ちゃんが、

「あんたしょっちゅう来て一日中いるね」

と私に微笑《ほほえ》みかけると、一包みのラスクを差し出した。今から思えば、もう少しきちんとお礼を言うべきだったし、あのおばちゃんは、もしかしたらキートンをはじめとする古きよき時代の喜劇映画の話をしたかったのかもしれない。少なくとも、私が通いつめていた映画がスティーブ・マックイーンやチャールズ・ブロンソンのアクション映画だったら、あんなに親切にしてくれなかったのではなかろうか。まあ、すべては臆測だ。あのおばちゃんの笑顔は折に触れ思い出す。死ぬまで忘れることはないだろう。

「それはいよいよ銀座ではなく京橋だ」と言われるかもしれないが、中学、高校時代は国立フィルムセンター（当時）に通いつめた。子供料金だと百円そこそこで内外の名作映画を観ることができた。映画の試写会なるものに初めて足を踏み入れたのも中学時代。試写会は、なにしろ無料《タダ》だ。今度こそ「ようやくまぎれもなく銀座だ」と言ってもらえるだろう、ヤマハホールやガスホールに週二、三回通った。

というわけで、学生時代の想い出は、校内でのことより、銀座界隈でのできごとのほうがはるかに多い私である。

時は経ち、四年前に結婚をした。まだ籍を入れる前、妻と幾度か銀座に出向いている。

十年以上ぶりにフィルムセンターへ行き、川島雄三監督、フランキー堺主演の喜劇映画を観た。入場料はあのころの五倍とられたが、それでも五百円。ほどなく妻となる女性と、青春時代を過ごした客席に並んで座り、古い古い映画を観るのは不思議な感覚だった（もっとも、フィルムセンターは九一年に老朽化のため建て替えられたから、厳密には「同じ客席」ではないのだけれど、野暮は言うまい）。

結婚後も、ふたりでよく銀座に出かける。夫婦で銀座の街を散歩するのは楽しい。とても落ち着く。青年期には考えられなかった「食事のために」銀座へ行くこともある。そう言えば、歩行者天国の銀座通りに開店したマクドナルドの国内一号店でマックシェイクなる飲み物を初めて飲み、「なんだこれは⁉」と吃驚《びっくり》したころ、ハンバーガーはごちそうだった。今では西銀座通りの老舗洋食レストラン「キャンドル」がお気に入りの店。創業は昭和二十五年だそうで、店内の壁には来店した著名人のサイン色紙がズラリと並ぶ。私も妻も、吉永小百合、川端康成の色紙より、やれ花菱《はなびし》アチャコだ、横山エンタツだと、喜劇人たちの筆跡に食いつく。食事がテーブルに届くまでの楽しみである。小林信彦氏の名著『日本の喜劇人』には、この店の常連だった渥美清が、同じく常連だったジェリー藤尾のマネをしたときのエピソードが記されている。

〈あるとき、渥美清は、「各人が（キャンドルの名物メニュー）チキン・バスケットを受けとって、ジェリーのだけ、チキンが一本足りなかったとき」の、ジェリーの凄《すご》むまねをしてみせた。こわい顔で立ち上がり、あたりを素早く見まわすのである。このパントマイムには抱腹絶倒した。〉（以上『日本の喜劇人』より引用）

この店のどこかの席でそんな光景が繰り広げられていたのだなあ、などと思いをはせながら食事をすることほど幸福なことはない。

銀座は大好きな街だけれど、決して住んでみたいとは思わない、と語る妻に同意する。銀座にはいつまでも「憧れの街」であってほしいからだ。憧れの街を「日常」にしてしまってはつまらない。

＊銀座キャンドルは二〇一四年十一月、六十四年間の歴史に幕を下ろしました。

水色のドレス

小池昌代

わたしたち姉妹がまだ子供だったころ、母はよく洋服をつくってくれた。いちばんの晴れ舞台はピアノの発表会で、当日の朝になってから、ようやく、しつけ糸がとれるということもあった。

そうしてつくることが前提にあるので、母は普段から、目についた布地を買い込んでいた。うちのたんすには、仕立て屋さんのように、巻かれた布、折りたたまれた布地がたくさんあった。そのうちのいくつかは、ついに服というかたちにならず、わたしたちも大人になり、母も年老いた。

それでもあまりに素敵で捨てられず、いまだにわたしが持ち続けているものもある。

年月にすれば、二十年、三十年のつきあい。相変わらず、服にはならない。ある布は単なるカバーとなり、ある布はテーブルクロスになった。ある布は、そのまま、色あせている。思い切って処分してしまったものもないわけではないが、処分してもなお、心に残っている布もある。

女と布の結びつきは深い。

とりわけわたしが思い出すのは、古めかしい小花が不思議な色合いで描かれていた、アンティークの布地である。ものすごく中途半端な長さで結局捨てた。捨てたけれど、その材質や表情を、別れた人のように、思い出す。

布も、長い年月のうちには、いきもののような存在感を発する。そうなってくると、むしろ、かたちなど不要であって、なにものでもなく、なんにでもなれる自在感が逆に想像力をかきたてる。

しかし、家のスペースには限りがある。もし、わたしが歳をとり、身の回りのものをいよいよ処分するべきときがきたら、布については、全部でなくていいから、その一部分、つまり切れ端を取っておきたいと思う。

布はどんな部分も全体である。切り取ったところから、全体がわかる。そういう切れ端の見本帳を繰りながら、物語をこしらえ、ゆっくりと死に向かうのもいい。いや、そうなったら上出来だ。

だいぶ前、銀座通りに面した布地屋さんで、素敵な布地を求めたことがある。シルクシフォンの薄く透《す》けた生地で、色は黒。東洋的な百合の図柄が入っていた。

裏地をつけなければ着られない。つくるにしても、手間がかかる。そもそもつくる時間など、あるわけもなかったし、わたしには、そんな繊細な生地を扱う技術がない。それなのに、なにかふらふらと惑わされたようになって、その布地を買ってしまった。

それでもわたしは、つくりましたよ。恥ずかしいけれど、ウエストのところにゴムを入れただけの超簡単な筒型スカート。高級な布地に見合わないデザインだ。結局、つくって満足して、どこにもいまだにはいていっていない。布地はいいんですが、なんか、変なんです。

同じ銀座で、ごく若いころ、ドレスを買ったこともある。アルバイトをして貯めたお金で。そのとき、わたしは間近に迫った、発表会用の服を探していた。

東京の深川で生まれ育ち、買い物は、日本橋か銀座へ出ることが多かった。そしてそのときは銀座に行けば、素敵なドレスが見つかるような気がした。くたくたになるまで探し回った。けれどどこにも、これという一着がない。

わたしは頑固で、とても若く、とてもエネルギーがあり、丈夫だった。その一着が、この銀座のどこかに必ずあると信じ、これでもない、これも違うと、今から思うと信じられないが、その日一日、あちこちの店を回り、ついに、その一着にめぐりあえたのだ。シンプルでクラシックなデザインだった。襟《えり》もとは四角く、すっきりとあいている。なによりも布地がすばらしかった。薄い水色のシルクサテンに、同色の糸で、アンティークの薔薇《ばら》の刺繍《ししゅう》がされており、それが光の加減で、見えたり隠れたりする。わたしは再び魔法にかかった。七万円の定価がついていた。当時のわたしにしたら（今だって）、莫大に高価なものであったが、試着すると、ドレスは重く、するりとすべって、わたしの体に、表皮のようにはりついた。ようやく、見つかりました！　とわたしは言った。たいへんよくお似合いですよと、店員さんが微笑んだ。

家に帰り、母に告げると、そう、よかったわね、いいのが見つかってと、よく見もしないで、ほっとしたように言った。妹は、いいとか悪いとかを一切言わず、いかにもお姉ちゃんらしいドレスだわと。

本当に、わたしのための一着としか思えなかった。そんなふうに思った洋服は、今まで生きてきて、それが最初で最後かもしれない。

わたしはこの水色のドレスを、あらゆるところに着ていった。制服のように着倒した。演奏会はもとより、友達・親戚の結婚式、パーティーの類。ほめられもしたし、実際、よく似合った。だがある日、突然、着るのをやめた。

サイズが入らなくなったとか、そういうことではない。いきなり、似合わないと感じたのだ。流行に左右されない、極めてシンプルなデザインだったので、デザインが古くなったということでもなかった。つまりわたしのほうが、ドレスからはみだした。歳をとった。そして清楚《せいそ》な水色が似合わなくなった。

コアビルのなかにあった店だ。地味で小さな店だった。個人がすべての洋服をつくっていた。ビルはその後、大改造され、店は消えた。

今、服を買おうと、街なかへ出ていっても、なかなか気に入ったものにはめぐりあえない。

実家を出て、東京の西部へ移ったので、今はもっぱら渋谷・新宿が買い物エリアだ。ここにはなんでもある。ないものはない。でも、どれもこれも、だれかがすでに着ている、だれかのためのものばかりで、わたしのための一着はない。

当たり前のことだ。わかっている。わかっていても、それを確かめて疲れて帰ってくる。

そんなとき、銀座だったら、とふと思う。銀座だったら、こんなわたしのための一着が、どこかの店にあるのではないかしらと。でもそれを、かつてのように一日かけて探しぬく力が、もはやわたしには残っていない。

本と銀座とわたし

坂木　司

東京生まれの東京育ち。なので、銀座はわたしにとってそう遠い場所ではなかった。お中元やお歳暮《せいぼ》の時期になると銀座あけぼのや王子サーモンと書かれた箱を家の中で目にしたし、母は幼いわたしを連れてファミリアによそゆきの服を買いに行った。ただし、それはわたしが幼稚園を卒園するまでの話。

わたしが小学校に上がるタイミングで、我が家は都内で引っ越しをした。すると、今まで三十分圏内だった銀座が、一時間半かかる場所になってしまった。当然メインの繁華街は違う場所に変わり、わたしたちの足は銀座から遠のいた。幼かったわたしはそのことに特に疑問も覚えず、ただ「このあたりには喫茶店が少ないなあ」などとぼんやり思っていた。

引っ越し先は都内でも緑が多くのんびりとしたところで、繁華街からも遠かった。そこで過ごすうち、やがてわたしは銀座という地名を忘れた。育ち盛りの小学生にとって楽しいのは店より空き地であり、ケーキよりも駄菓子だったからだ。

しかし思春期を過ぎ高校生になったあたりで、わたしの人生に再び『銀座』という単語が顔を出す。それは、池波正太郎氏のエッセイによってである。

もとより、おいしいものが好きでおいしいものが出てくる話も好きだった。だから『鬼平犯科帳』にはまったとき、五鉄の軍鶏《しゃも》なべが食べたくてしようがなかったし、『剣客商売』では根深汁《ねぶかじる》や浅蜊《あさり》と葱《ねぎ》のぶっかけ飯に心惹かれた。そしてありがちな話だが、夕飯の味噌汁をごはんにかけては母に嫌な顔をされていた。さらに、ごはんをあえて冷や飯で出してくれといったときは、なにかを軽く心配されたような気もする。

そしてそんなわたしが氏のエッセイにたどり着くまで、そう時間はかからなかった。いちばん読み返したのは、『食卓の情景』と『散歩のとき何か食べたくなって』。とにかくどれもおいしそうで、食べてみたくてたまらなくなった。そこでわたしは、ふと気づく。

「これ、時代劇じゃないんだった！」

エウレカ。お店が現存していて、ちょっと足を延ばせば食べに行くことができる距離にある。それがわかったときは、ほんとうに興奮した。唯一の難点はお金だったが、そこは貯金でなんとかなるだろうと財布をポケットに突っ込み、わたしはいざ銀座へと赴《おもむ》いた。が、資生堂パーラーの前でいちばん大事なことに気づく。

（ここ、高校生が一人で入れる店じゃない……！）

おしゃれな街のおしゃれなパーラーは、値段よりも雰囲気の敷居《しきい》が高かった。

（いやいや、池波少年は一人でここに来たわけだし）

そう自分にいい聞かせても、勇気が出ない。

（……お金は、あるんだから）

実際、パフェを食べられるくらいのお金は持っていた。けれどやっぱり、足が先に進まなかった。そしてわたしは回れ右をし、銀座木村家のあんぱんを買ってしおしおと家に帰った。

おとなになった今ならわかる。わたしがあそこに入れなかったのは、自分で手に入れたお金を持っていなかったからだ。

十三歳にして働き始めた池波少年は、自ら稼いだお金を持っていた。その矜持《きょうじ》があったからこそ堂々とあの敷居を跨《また》ぎ、絨毯《じゅうたん》の上を歩くことができたのだろう。

やがて大学生になった私は、アルバイトを始めてようやく池波少年と対等になった。そしてリベンジとばかりに訪れた資生堂パーラーでミートクロケットを注文し、しみじみと味わった。「高いなあ」と思いながら。「でも、ほんとうにうまいなあ」と思いながら。

その後、折をみては氏の足跡を追った。煉瓦亭やたいめいけんは仕事帰りの父と待ち合わせてちゃっかり食べさせてもらい、浅草の駒形どぜうやアンヂェラスは同じように本の好きな友人を誘って。そして気づけばいつしか、氏のエッセイだけでなく、本の中に出てきた店へ行くこと自体が楽しくなっていた。いわゆる聖地めぐりというやつである。

年齢が進み手にするお金が増えると、聖地めぐりにも拍車がかかる。移動できる距離が広がり、大学四年生のときには邱永漢《きゆうえいかん》氏の筆に誘われて香港へ。初めて食べたローストダックの味は、脳の深いところに刻まれた。

さらに林望氏のイギリスに、森村桂氏の南太平洋。石井好子氏のフランスは、失敗したオムレツの記憶とともにある。行けずじまいなのは、開高健氏の『オーパ！』シリーズに描かれていたアマゾン河流域で、絶対に口にできないのは畑正憲氏の野生のグルメ。これらは、いまだにうっとりと夢に見ている。

ライオンのビヤホールで乾杯をしたのは、就職して最初の年だっただろうか。その後ピエールマルコリーニのパフェを食べに並び、濃さに打ちのめされているうちに作家になった。三笠会館や銀座ハゲ天で打ち合わせと書くといかにも「作家でござい」という感じだが、これは年に一回レベルの話である。

そういえば数年前、本格ミステリ作家クラブの賞イベントで、教文館のバックヤードでサインを書かせていただいたことがある。わたしは顔写真やプロフィールなどを公開していない覆面作家なのだけれど、そのときの受賞者の方が同じように覆面作家だったのだ。

「覆面作家さんだから壇上が寂しいのはわかってます。だったら賑やかしに、もう一人覆面作家を増やしちゃえってことで」

そんな適当な理由でよばれて、教文館の裏口から中に入った。

古いビルだというのは知っていた。けれど、そのしんとした石造りの空間に入ったとき、ふいに時が巻き戻されたような気分になった。

わたしはこの質感を知っている。この、ひんやりとした空気を知っている。

それは銀座三越の階段であり、松屋銀座のエレベーター脇である。母とつないだ手であり、亡き父の記憶である。上野の美術館の展示室であり、帝国ホテルの廊下である。

マカオの古いカジノであり、大英博物館である。

ぎゅるりと巻き戻された時間の中で、わたしはゆっくりと深呼吸をする。わたしがわたしであることを、思い出させてくれてありがとう。

銀座は今も、わたしの中にある。

もしも、無実の罪で追われる身になったら

私は銀座をこう逃げる

佐藤雅彦

ある夕刻、春風に誘われ、銀座七丁目のギャルリーためながで、ウィンドウに飾られていたユトリロの絵をなんとなく眺めていたら、斜向《はす》かいのエルドールという、小ささと値段の高さと洒落加減の、三拍子そろったケーキで有名な店の脇で張り込んでいた二人の刑事に、何故か、突然、「動くな！　逃げても無駄だ！」と迫られ、身に覚えがなくとも、その勢いで駆け出してしまったあなたは、どのように銀座の街を逃げ切るだろうか？

こんな妄想にはつきあっていられないと呆れられるかもしれないが、これから示す逃走路は、実際辿《たど》ってみると銀座を取り上げた今風の雑誌には、載るよしもない道なので、通り甲斐のあることは請け合ってもいい。

「止まれ、止まらないと撃つぞ！」という声を後ろに聞いて、赤になったばかりの信号をダッシュで走り渡るのは、外堀通り、通称、電通通りである。今は、リクルートビルのひとつになってしまった日軽金のビルの角をコリドー街のほうに向かい、そのまままっすぐ行くかと思いきや、すぐを左に曲がり、いわしやを目指す、かと思わせて実は、左の窪《くぼ》みのような一画に入り込むのである。刑事たちはしめたと思う、そこは袋小路に違いないからである。確かに一見袋小路である。左奥にはラーメン屋、右手奥には三人のしゃきっとした年配の女性がやっている三婆《さんばば》と勝手に呼んでいた定食屋しかない。しかし、行き止まりに見えるそ

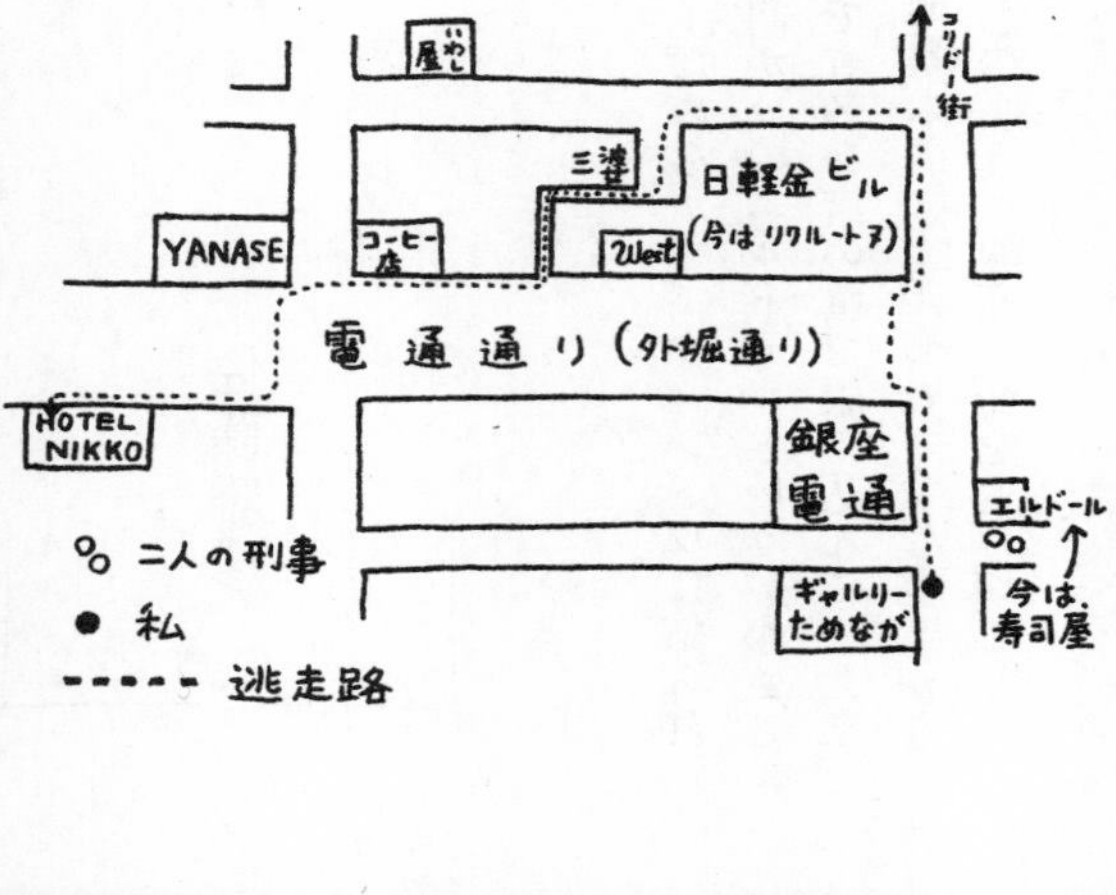

の奥には、よく見ると、右手に細い路地が延びている。普通は気づかない。迷わずそこに潜入する。次の瞬間、刑事たちはあなたの姿を見失う。その路地では、喫茶室ウエストの裏方で働く男性従業員だろうか二～三人、煙草を吸いながら休憩時間をつぶしている。ちょっと失礼と言いながら、訝《いぶか》しそうに眺める彼らを横目にさらに奥へ奥へと進むと、なんと行き止まりの左手にビルとビルとの暗い隙間がある。幅は一メートルもないが、進むには問題ない。必要なのは勇気だけだ。壁面は少々汚れているので、新品のスーツを着ている際には要注意である。そこを二～三〇メートル進むと急に目の前が開ける、まるで明るい未来が現れたような気持ちになる。電通通りに戻ったのである。クラブのママやどこかの重役を乗せたハイヤーがのろのろと走っている。薄く四角いピザがおいしい地下のシシリアに逃げ込もうかと一瞬迷うが、ヤナセの前まで進み、電通通りを再度渡る。そして、すかさず日航ホテルの中二階の喫茶室に入り、渇いた喉を紅茶で潤しながら、外を眺めると、先程の刑事たちがコートに付いた汚れをはたきながら、きょろきょろ歩いているのが見える。この逃走路は完璧だなと思わず笑みが生まれる。でも、なぜ自分は追いかけられたのだろうか？

大学を出て、入社した会社が銀座の七丁目にあったせいで、二十代という多感な時期の大半を幸せにも銀座で費やすことになった。朝も夜も季節も問わず、時間さえあれば銀座という街を探索した。歩くだけでうれしくなった。昭和五十年代のことである。仕事が半時でもあくと、抜け出して午前中の買い物客のいない銀座を歩いた。今はない子供服のヤングエージ、買う予定もお金もないが、今でいうセレクトショップの元祖サンモトヤマ、もちろん洋書のイエナも。お昼は、伊東屋裏のベトナムラーメンや、まだ土間だった蕎麦よし田、お多幸のおでん茶飯、地下の維新號《いしんごう》など、それまで大学食堂で毎日済ませていた身としては、味だけでなく、食にまとわりついているいっさいのものを全身で受け止めていた。ナイルレストランでは、先代のナイルさんからいつも説教を受けながら、野菜カレーを食べていた。それにしても、なぜ私を見ると、捕まえて説教しはじめたのだろう。話の大半は、革命の心構えというものだったように記憶している。

夕飯ももちろん銀座で食べ、終電まで毎日銀座にいた。銀座なら急な雨に出くわしても、傘をささずに七丁目から地下鉄の銀座駅まで、濡れることなく辿り着ける地下道の歩き方も見つけた。その経路の一つは、銀座地下の広大な駐車場なのだが、同じくその道を知っているクラブ勤めの和服姿のお姉さん方が、三々五々集まってきて駅に向かう姿は壮観としかいいようのないさまであった。

そんな日々を送っているうちに、とんでもない路地の存在をいくつか知り、とんでもない抜け道を見つけることとなった。残念というか、好運というか、せっかく開発したその逃走路を使うことはいままでなかったし、これからもない可能性が高いと信じているが、今でも時間が余ると、新しい逃走路を見つけんばかりにビルとビルの隙間や、ビルの屋上同士で隣にいける箇所を発見しては喜んでいる。

銀座という街なら、刑事に追いかけられてもいいなあという独特な思いは、私なりの銀座の愛し方なのである。もちろん、無実の罪で追いかけられなくてはいけないのだが。

（追記・皆さんに謝らないといけない事態が発覚した。この原稿を書き上げた朝、確認のため、久々に前述の逃走路を試してみた。順調にスタートし、逃走のフィニッシュを飾る狭く長い路地まで来た。

しかし、そこで私が見たものは、路地をさえぎる新品のフェンスであった。ぐるっと回って、表通りから辺りを見ると、完成間近のビルの脇で、私の逃走路が泣いていた。大事な万年筆をなくしたとか、友人を癌《がん》で失ったとか、数々の喪失をこの年齢になって味わったが、こんな喪失感は初めてである。二十代の世の中への探究心に溢れていたころ、大好きな銀座でつくり上げた自分ならではの経路は、今年、なくなってしまったのである。　二〇一一年二月

追記２・ここに登場する店のいくつかは閉店、移転しているようである。　二〇二四年一月）

母の銀座

ジェーン・スー

銀座が好きだ。なじみの店があるわけでもないのだが、訪れるとホッとする。子どものころは母に連れられよく足を運んだ。だからであろう、銀座は母を彷彿《ほうふつ》とさせる街だ。

映画好きな母はシネパトスやピカデリーといった映画館に私をよく連れて行った。小学校低学年のころだったろうか、ダスティン・ホフマン主演の『トッツィー』を観ながらコソコソおせんべいを食べていたら、前の席に座った男性が振り返り、ギロリと睨《にら》みつけてきたのをよく覚えている。銀座は大人の街だった。

チロルのトレンチコートを好んで着るおしゃれ好きな母は、サンモトヤマにもよく通っていた。クリームパンのような形のフカフカしたソファがあったのと、行けば必ずフレッシュオレンジジュースを出してもらえたので「サンモトヤマに行くよ」と言われると、私は飛び上がって喜んだ。たまにファミリアで私の服を買ってもらえるのも銀座の楽しみのひとつだった。

いまはなき実家の家具は和光で揃えたものが多く、タオルは帝国ホテル地下のカラカラで購入していた。ネーム刺しゅうを施したみっちり厚みのある色とりどりのタオルに顔をうずめると、なんとも言えない幸福感に包まれたものだった。思い返すに、当時のわが家はなかなか羽振りがよかったのだろう。

お腹が空いたら帝国ホテルでシルバーダラーパンケーキを食べるか、ガルガンチュワで蟹《かに》クリームコロッケを買って帰る。地下鉄に乗る前に、銀座木村家でけしのあんぱんとチョココロネを買うのも忘れずに。前者は父の好物で、後者は私の大好物だ。

父が不在の夜なら、買い物帰りに母と二人で鳥ぎんへ直行した。道すがら、鮭の釜めしと熱くてすぐには飲めない鶏スープのことを考えると口の中が唾液《だえき》でいっぱいになった。そんな銀座好きの母がこの世を去り、もうすぐ二十年になる。

この二十年で日本も銀座もわが家も、大きく様変わりしたように思う。

景気は延々といまひとつだし、ファミリアを始めとしたいくつかの店は移転して、それまで銀座にはなかった店がたくさんオープンした。わが家の経済状況もかなりの乱高下の末に超低空飛行へ入り、ずいぶんと時間が経つ。

父が古希を過ぎたころからだろうか、父と私は二人で銀ブラをするようになった。母が存命のころは父と二人きりで出かけたことなど一度もなく、家族三人で銀座へ来た記憶もないのに、おかしな話だ。

眼鏡の度が合わなくなったと嘆く父を連れ、マロニエゲートの眼鏡店を訪れる。そのあと銀座通りまで歩いたらユニクロで衣類をねだられるのがいつものパターン。

母という番頭を失ってから父の財布はペタンと薄くなってしまったので、娘の私が財布を開く。母が好んで訪れた店に連れて行けるほどの甲斐性《かいしょう》は、残念ながら私にはない。とは言え、私だってやるときはやる。数年前の誕生日にはトラヤ帽子店でボルサリーノを買ってプレゼントしたし、資生堂パーラー銀座本店で洋食をご馳走したこともある。そのときの写真がいまも手元にあるが、父はいつもより若々しくうれしそうな顔をしている。

私も父も、母が生きているあいだになにひとつ満足な孝行ができなかった。いまさら母の幻影を追いかけるように並木通りを歩きながら、銀座で母にプレゼントのひとつでも買ってあげればよかったと悔いる。口には出さないが、父も同じ気持ちだろう。

母は学生時代に月光荘《げっこうそう》でアルバイトをしていた。会員制のサロンには、のちに内閣総理大臣となる政治家や文化人も集っていたという。

絵の具のチューブを下から絞るように言われただれかが「今朝、歯を磨くときに女房にも同じことを言われたなぁ」とぼやいていたと、笑いながら語る母の思い出話を聞いたのは私が中学生のころだったろうか。

文化度の低い娘だったので、私はそれをフーンと聞き流した。いま思うと、ほんとうにもったいないことをした。母からもっと銀座の思い出を聞いておけばよかった。

先日、いつものようにうっすらと母を思いながらひとり銀座を歩いていた時のこと。それまで一度も訪れたことのなかった月光荘が、突然目の前に現れた。月光荘は泰明《たいめい》小学校のあたりにあると思っていた。道理であのあたりをブラついても見つからないはずである。

狭い通路を通り奥の扉を開けると、奥に長い店内にはホルンのマークが刻印された画材がところ狭しと並べられていた。若い女性が店番をしており、閉店時間も近かったせいか、客は私ひとりだった。母もこうして店番をしていたのだろうか。

店の中をゆっくり見渡すと、若き日の母が陽炎《かげろう》のように立ちのぼってくる。絵の具やスケッチブックを色のグラデーションどおりに並べ、客と軽い会話を交わしてレジを打つ。在庫を確認して、売れた商品の品出しをする。若かりし日の母は、ここでどんな青春を過ごしたのだろう。初めて訪れた店なのに、なぜか懐かしい気持ちで胸がいっぱいになった。

月光荘では父のために斜めがけの茶色いポシェットと、自分用に白いトートバッグを買った。後日、父はそのポシェットとともに母の墓参りに現れた。私は手に白いトートバッグを携えていた。母の面影を街のそこかしこに見つけては、形見分けのようなことをしているメソメソした父娘が私たちなのである。

どう頑張っても母が戻ってくることはない。私にできることと言えば、残された父と親交を深めることぐらいだ。母がこの世を去るまで密なコミュニケーションを取ったことのない父と娘。その二人が気恥ずかしさをまとわず顔を合わせるのに、銀座はちょうどいい場所である。

仏壇に手向ける線香は、母が鬼籍に入ってからずっと鳩居堂と決めている。近ごろは父にまかせっきりなので、もしかしたら別の物で済ませているかもしれないけれど。そうだ、近いうちに鳩居堂へ行って、お線香と一緒に季節の絵はがきを揃えてこよう。

母の引出しにはいつも鳩居堂の青い袋に入った絵葉書があった。そのせいだろうか、季節の変わり目にあの絵葉書を数枚買わないと、私の心も落ち着かない。無精《ぶしょう》な娘はそれをだれに送るでもなく、繊細な絵を眺めるだけで満足してしまう。母の居場所へ届ける方法があれば、何枚でも書くのだけれど。

街を走っていた

小路幸也

ネオンきらめく夜の街。

そう書いてしまうとどこか演歌の薫《かお》りがしたりあるいは淫靡《いんび》だったり、もしくは犯罪の匂いを感じたりしてしまうだろうか。そこまで極端に走らなくても、飲み会とかコンパとかデートとかの楽しいお酒の、もしくは仕事の失敗でやけ酒とか、失恋してクダを巻くとか、悲しくも辛《つら》い酒のイメージが湧いてくるだろうか。

たとえばタクシーに乗って夜の街を走っていると、ネオンの光がウインドーの外を流れていく。たくさんの人々が舗道をそぞろ歩いていて、ウインドーを下げるとその騒《ざわ》めきが聞こえてくる。

そういう夜のネオン街の光景を見ていると、あるいはその中に立つと、僕はたまらなくノスタルジーを感じる。懐かしくなる。もしくは〈青春〉という時代の真ん中にいた自分を思い出して、つい頬をゆるめてしまう。あのころに帰ってしまう。

初めて一人で夜の街に出たのは高校生のころだ。

僕が生まれた旭川市には三《さん》・六街《ろくがい》という歓楽街がある。札幌のススキノを多少規模縮小したものだと思ってくれればいい。ネオンが輝くたくさんのビルに飲み屋が軒を並べ、普通の人たちもちょっと危ない人たちも、若者も年寄りも同じ道を歩き今夜の酒を楽しむ、そんな歓楽街だ。

そこの一角にある菓子問屋でバイトを始めた。どうしてまたそんな、という経緯は話が長くなってそれで長篇一本書けるので省《はぶ》くけれども、とにかく学校が終わってから僕はその歓楽街のど真ん中の小さな古い建物の菓子問屋に出勤して、飲み屋街を文字通り走り回ったんだ。

仕事は〈おつまみ〉の配達。

お菓子から珍味まで、バーやスナックといった飲み屋で出てくるようないわゆる〈乾きもの〉ならとにかく何でも扱っていた。

店から直接注文の電話を受けるとそれをメモして揃えて大きな布袋に入れて「行って

きます！」と、ネオン街に飛び出す毎日。何せ狭い範囲にごちゃっと店が固まった歓楽街だ。車や自転車などで配達していては駐車したりなんだりいちいち面倒で手間でしょうがない。だから、自分の足で走って届けるのがいちばん速かった。

たくさんの人が行き交う歩道を軽やかにステップを踏んで、まるで障害物競走のように人々の合間を走り、路地をすり抜け、ビルの階段を昇って降りて、僕は〈おつまみ〉を配達していた。

居酒屋、バー、スナック、クラブ、パブ、ストリップ劇場、ラーメン屋とありとあらゆる店に顔を出して「毎度様です！」と元気よく挨拶していた。

当たり前の話だけど、いくら三十数年も前の時代とはいえ、普通の高校生がするようなアルバイトじゃなかった。だから、お店の人たちにとても珍しがられた。いつも声を掛けられた。

「高校生かよ？　えらいな坊主」

「あら、若いのに大変ねえ。ご苦労様」

「無理すんなよ。明日も学校だろ？」

「気をつけろよ小僧。こういう場所はおっかねぇからな」

夜の街で働く人たちは皆、例外なく僕に優しかった。優しく、あるいはぶっきらぼうに、朴訥《ぼくとつ》な笑顔を向けてくれた。

必ず十円と五円をお駄賃にくれた小料理屋のおかみさん、座ってジュースを飲んでいけと言ってくれるバーのマスター、焼きうどんを食べさせてくれた居酒屋の大将、「いつか飲みに来たらタダにしてやる」と笑っていたパブの店長、高校生男子には目の毒なサービスをしていつもからかってくるストリッパーのお姉さん。

そして、ドラマでしか聞かれないような、お約束みたいな言葉を本当に言ってくれたクラブのオーナー。

「配達中に何かトラブルがあったら、俺の名前を出せ。それで片がつくから」

間違いなく怖い世界の住人であるその人は、見た目と裏腹に僕には優しかった。「もし昼間にばったり会っても絶対に俺に声を掛けたり挨拶したりするな」と釘を刺してもくれた。普通の高校生である僕に迷惑がかからないようにという配慮だったんだな、と気づいたのはしばらく経ってからだ。

バイト最後の日、そのクラブのオーナーに「今日で終わりです」と言うと「学校も卒業か？」と訊いてきた。そうですと頷《うなず》くと、にんまりと笑って言った。

「煙草は何を吸ってる」

「マルボロです」

「何だ随分といいもん吸ってやがんな」

その人は苦笑いしながら、それをワンカートン買える金額を手渡してくれた。

「煙草をワンカートン、いつでも気軽に買える金を稼げる大人になれ。人生なんてそれで充分だ」

その言葉を、たぶんあのころのあの人と同じような年齢になった今噛みしめる。

本当に、人生はそのくらいで充分だと思う。それぐらいの人生を送ることが難しいのだと痛感する。

先日久しぶりに、半年ぶりぐらいに、夕暮れから夜になっていく時間帯に東京の銀座の街を歩いた。

銀座は相変わらずたくさんの人たちで溢れていて、だれもがこれから始まる賑《にぎ》やかな夜への期待感に微笑《ほほえ》んでいるようだった。その一方で、昼の銀座で働き家へ帰る人たちと、これから夜の銀座で働きだす人たちが舗道で行き合ってもいた。

街を作るのは人だ。

買い物や飲食を楽しむために訪れる人たちと、銀座という名前に負けない矜持を抱え働く人たちだ。

銀座には、そういう人たちがいる。歩いている。働いている。

良き品物や味を求めて自分の力で人生を楽しむ人たちが昼の舗道を歩いている。ネオンが輝きだしたころにふと見る路地や中通りに、人の暮らしの泣き笑いを受け止め、その背中で語ってくれる人たちが動き出す。

あのころのことを思い出して、背筋を伸ばした。

もう遠い記憶で面影も声色もかすんでしまっているけれど、かけられた優しい言葉とその笑顔は覚えている。身体《からだ》と心に染み込んでいる。

街で生きる人たちが、僕を作ってくれたと思っている。

感謝を込めて、街を歩く。

銀座の五年間

白井 晃

三十年前、銀座にある企業に勤めていたことがある。電通の傍系企業で、電通PRセンター(現・電通PRコンサルティング)というパブリックリレーションの専門会社だ。いわゆる企業の広報活動のサポート作業が業務の中心である。

この会社に入社したのは、もちろん業種に魅力を感じたことも大きいが、銀座という立地条件も決め手のひとつだった。学生時代、銀座の企業に勤めるというのはひとつの麗《うるわ》しき夢でもあった。なにしろ大学に入学してから、銀座なんて年に一度映画を観に行く程度しか縁のなかった場所だ。銀座は大人の街。社会人が闊歩《かっぽ》し、繰り広げられるビジネスの世界。人々との親交や恋愛がたくさん待っている！　若者の夢は大きく膨らむばかりだった。

電通の傍系だから、当然電通本社とのコンビネーションで仕事をすることが多い。今は汐留に本社が移転した電通だが、当時はまだ銀座に近接した築地に本社ビルがあった。私の職場も、本社ビルから高速道路をはさんだ銀座二丁目。電通には「銀電」と呼ばれる元々の本社ビルが銀座七丁目にもあったから、築地本社ビルとの間を行き来することが多かった。そんなわけで、銀座と町名のつくエリアを五年の間に歩きつくし、細かな路地まで熟知することになっていった。

私が入社した翌年には、東京ディズニーランドがオープンしたこともあって、いきなり広報活動を担当した。六本木のアークヒルズのオープニング、つくば万博、新商品の宣伝、ファッションショーなど、数多くの華やかな仕事に従事した。電話のかけ方から言葉遣い、挨拶文の書き方、クライアントとの付き合い方。社会人としての教養をこの場所でずいぶんと身につけさせてもらった。

仕事が終わると、先輩から「三十分コース」と銘打って毎日のように飲みに連れて行かれる。行くのは決まって近くの焼き鳥店か小料理屋さん。「ねのひ」のばくだんは美味しかった。「かつ銀」のかつ煮は特別の贅沢。結局いつも終電近くまで長々と先輩たちの話を聞かされるのだが、それも勉強のひとつ。上司やクライアントの愚痴を酒の肴に飲むことが、サラリーマンの大切なストレス発散法であることも知った。

会社があった東銀座の一角は電通村ともいわれ、電通の関連企業が集まっていたが、流行の先端を送り出すこの場所は、たくさんの庶民的な飲食店に囲まれていた。揚げたてのコロッケやメンチカツをコッペパンにはさんでくれる精肉店が近くにあって、昼食に同僚たちと並んだこともある。残業をしていると、先輩が「すず吉」のラーメンを出前でとっておごってくれたりもした。結局、学生時代に憧れた、銀座のクラブでお得意先とビジネストークなんて、そんなのはその五年間にほとんどなかった。

そして、私はこの会社を丸五年勤めた後、退職することになる。大学時代の演劇サークルの仲間と劇団を旗揚げしていたからだ。もちろん会社には内緒にしていたが、いわゆる二足のわらじ。「遊◉機械／全自動シアター」という、洗濯機みたいな名前のこの劇団活動と、ハードな広告業界の仕事との両立は、そもそも無謀なことであり、とんでもなく大変なことだった。

劇団活動を始めた当初は、サラリーマンのアフターファイブの趣味程度の気持ちでしかなかったが、劇団が少しずつ人気が出るようになってからは、本気でプロを目指そうと稽古量も増えていった。かたや、会社では、徐々に責任のある仕事を任せられるようになり残業も増えてくる。稽古は夜の七時くらいから始まるので、その時間には間に合わず、劇団仲間には迷惑をかける。稽古が終わると深夜までミーティングをして、家に帰ると夜中の二時なんてこともざらだった。翌朝会社は九時半からだから、結局睡眠時間が二、三時間になってしまう。遅刻は増えるし、会社のトイレで髭を剃るなんてこともしばしばだった。

そんな無茶苦茶なことをやっているものだから、顔色の悪い私の状態を見て、部長には「白井、最近どうした、ちょっと変だぞ」と心配される始末。ついには「今注目の劇団！」なんて見出しで雑誌のインタビューに答えているのを社員の人に発見され、二足のわらじの片方がバレてしまう。そりゃ、パブリシティーの会社だ。雑誌は氾濫《はんらん》しているしバレないはずはない。局長に東急ホテルのラウンジに呼び出され、「お前みたいなのがいてもおもしろいから、どちらもがんばれや」と言ってもらったが、徐々にその期待にそえなくなっていき、三年目くらいまでは潑溂とした若手社員だったが、四年目、五年目くらいには、いつも寝不足で顔色の悪い不良品社員になっていた。

会社員であることを放棄する勇気もなく、でも劇団仲間を裏切ることもできない。だからと言って、演劇で食べていける自信もない。自分の人生がどうなっていくのかまったくわからず、胃潰瘍になるほど悩み抜いた。仕事の外回りの途中で、三越や松屋のフロアを幽霊のようにふらふら歩き回ったり、四丁目の晴海通りの地下の映画館の暗闇に座り込んだり、電通本社前の公園のベンチで空を見ながら物思いに耽《ふけ》る、そんな日々が続いた。

そんなある日、私に海外出張の命令が出た。オーストラリアに二週間の滞在。普通なら喜んでいくところだが、私は頭を抱え込んだ。劇団の公演を予定していた日程と重なっていたからだ。なにかがぽんと吹っ切れて、次の日私は部長に辞表を提出した。会社には私の代わりはたくさんいたが、小さな劇団には私の代替をできる人間はいなかった。

あれから二十五年の月日が経つ。会社には本当に迷惑をかけた。でも、苦しみ抜いた銀座での日々は、今思えばとても充実していて楽しい時間だった。そして確実に演劇人としての肥《こ》やしになり、今の自分を創り出してくれている。

あの銀座での五年間に私は心から感謝している。

（二〇一二年九月号）

昨日銀座を歩いていると

管啓次郎

歩くことは血を温めるので歩いているとだんだん元気が出てくる。特に寒い季節、体も心も縮こまっているときには。歩く場所はどこでもいい、すてきな海岸や気持ちのいい山林が遠いときには街を歩けばいい。街では全方位から情報が押し寄せてきて、単純な路上でさえ脳内は嵐にさらされている。それで連想がいろいろな方向に散り散りに飛んでゆく。それはまるで花の種の拡散、蜘蛛《くも》の子の飛行。飛んでゆく連想をのんびり追ってゆくと考えはさらにいくらでも湧き、いつのまにか自分がいまどこにいるのかすら見失ってしまう。ある街を歩くことはその街を忘れて別の土地に迷い込むことなのかもしれない。ただとめどない考えを追って一時間、二時間と街を歩くのは、大都市に生きることに疲れた心の平静を保つためにも必要だ。

というわけで、銀座を歩いていた。

関係はあまり深くないけれど、昔からいつも好きな街だった。大学生のころはほとんど毎日渋谷で過ごし新宿にはあまり行かず池袋はまったく知らなかった。三十数年経っていまは逆に渋谷にはほとんど行かず買い物場所は新宿に移行し池袋はまったく知らない。そんな変遷の中でも、銀座にはいつもちょっとした特別な感じがつきまとっていた。晴れの場所という感じがしていた。

この二年間は新聞の書評委員会が隔週であったので、いつも千代田線の日比谷から東銀座まで歩いて行った。あまり寄り道をする時間はなかったが、思い出すことはいろいろあった。大学生のころ、銀座でいちばんよく立ち寄ったのは洋書店のイエナ。まず英語のペーパーバックの棚、それから数は少ないがフランス語の本を見てゆくと、欲しいものがやはり何冊かはある。でも買うのは一冊で、それを持ってたとえば日比谷公園まで戻ってベンチで読んでいると、それだけで一日に旅みたいな広大さが生じた。

本の世界はもっとも手軽な旅先であり、すべての書店の棚はつねに全世界に向かって開かれている。だから本の話だけでも銀座からどんなふうに出ていくこともできるのだけれど、きょうは連想の別の糸を追って、最近のふたつの旅について書く。いずれも銀座の対極にあるような場所への旅だ。

ひとつ前の週末、高松。港のそばの書店で「声と文学」というイベントを若い詩人の文月悠光《ふづきゆみ》さんとやった。文字の沈黙に孤独にむきあう時間になりがちな文学とのつきあいに、体に直接働きかける声という振動をよみがえらせようと企図したもので、ワークショップが中心だ。われわれふたりの詩の一部を空欄にし、ペアを組んだふたりにそれを自由に埋めていってもらう。いろいろな言葉が飛び交う、小さなお祭りみたいに楽しいひとときだった。

終わった翌日、どうしても船に乗ってみたくなったぼくは高松沖に浮かぶ男木島《おぎじま》を訪ねることにした。フェリーはまず女木島《めぎじま》に寄りついで男木島へと進む。小さな集落と神社があるだけの小さな島だ。

神社の高台から集落と海を見下ろし、近隣の島々を眺め、そこから道をしばらく歩くと脇に入る小径がある。なにかあるのかと思って曲がってみたら木々の陰に木造の小さな小屋が建っていた。まだ新しく、手づくり感でいっぱい。山が谷間に面するごく狭い平らな場所に建てられていて、小屋にはご主人がいた。高松から毎週のようにここに通い自力でこれを建てた。会社を早期退職し、住みはじめたばかりなのだという。土間ひとつと、床のある小部屋ひとつ。土間のほうは居間でもあれば工房でもあり、古くよく乾いた上質な木を素材として木工品をつくっている。窓はなく、板を開け放てばもうそこは外。板はそのまま物を並べる台として使うこともできる。

自家栽培のレモングラスのお茶をいただきながら風景を見渡すと、谷間にはほかに人工物はまるで見当たらずただ山の輪郭によって三角形に切り取られた海がまぶしく光っている。カリブ海の島小説に出てくる逃亡奴隷の小屋のようなロケーションだ。こんな場所、こんな生活があるなんて。思いがけず出合ったその風景は、宝石だった。夜はひどくさびしいに違いないけれど、そのさびしさは満天の星空に直結している。

ついで先週、こんどは本州北端に近い八戸《はちのへ》に行った。訪ねたのは近郊のツリーハウス村。地元アーティストの木村勝一さんがつくり上げたものだ。ここにも息を飲んだ。鉄板を焼き切ってオブジェをつくる工房の裏手の森に展開するツリーハウス群は、想像を絶している。別々の樹木に何種類もの部屋がつくられているのだが、ちゃんとしたリビングだったり宇宙卵を思わせる飛行船型の室だったり、凝《こ》りに凝った茶室だったりする。茶室には壁を反転させると隠し部屋があり、そこは極小の書斎で、縄梯子《なわばしご》伝いにサンルームに上がって日光浴をすることもできる。さらに別の樹木には地上七メートルあたりに木のデッキつきの露天風呂がつくられていて、森の梢越《こずえ》しに満天の星を眺めながらゆったりとお湯につかることができるのだ。

そのすべてがゆっくりとゆれている。樹木は風を受けるたび音響を発し、同時にゆったりと身をゆらす。このときも、ぼくのつぶやきはおなじだった。こんな場所があるなんて。大都市で想像しているだけではけっしてわからない、森の近さ、木々の大きさ、人工光のない夜空の明るさ。生きているという感覚を目覚めさせるのが旅だとしたら、高松と八戸をむすぶふたつの連続した週末の旅は、その新鮮さでぼくに大きな力を与えてくれた。

そしていまは銀座に戻ってきた。日比谷から東銀座へと歩きながら、二週間前とはまったく違った意識でこの都会をなつかしみ、楽しんでいる。どこにいても別の土地のことを考えるのはぼくの悪癖かもしれないが、やめられそうにない。それはなによりも歩くという行為がもたらす想像力の運動のせいで、いいかえれば銀座の街がそんなふうに人を旅立たせるのだともいえそうだった。

思い出の街は銀座

宗 左近

一九一九年五月一日、北九州市戸畑《とばた》区（旧戸畑市）生まれ。長く生きてきました。さすがに振り返ります。すると、ずいぶん不思議な事柄に気づきます。その一つは、音楽との付き合いです。

小学校にあがる前の二年間、母が隣近所の人々に集まってもらっての和諧の講に熱中して、数珠を回しながら、

「ひとつ積んでは母のため、ふたつ積んでは父のため、兄弟わが身を回向《えこう》して、昼はひとりで遊べども、日も入りあいのそのころに、地獄の鬼があらわれて」

と、死後の世界をみんなと歌い合うのでした。その夜、わたしは必ず悪夢に襲われま

した。

小学校二年生から四年生にかけて、ほとんど毎晩、父親に、日ごとに演目をかえた、節劇という田舎回りの劇団の芝居を見に連れていかれました。歌舞伎の伴奏と語りの義太夫を浪花節に変えたのが、節劇です。いわば、地方版日本古典演劇。幼いわたしは、たちまち、うんざりしました。

やがて、旧制小倉中学に入学。音楽の時間には、日本語の、または日本語訳の合唱曲ばかり歌わされました。西洋音楽は、聴かされませんでした。そして、不思議なことに、この中学には、校歌がないのでした。

わたしは、たぶん音痴になりました。音楽という喜びを知りませんでした。

そのことと、強い関係があるのでしょうが、中学三年で、わたしはニヒリストになりました。人生は空しい、と知りました。したがって、受験勉強はしない。芥川龍之介やチェーホフを読みふける。そのくせ、旧制高校に入って、ニヒリズムの哲学を極めたい。矛盾です。浪人生活をします。一年がたって、なお合格しない。そこで、環境を変えたくなって、上京します。

ここから、銀座界隈のお話になります。父が死んだあと、兄と母が小さな商売、古物商を営《いとな》んでいます。東京での生活費のほとんどは、わたし自身が稼がねばならない。だが、アルバイトの世話をしてくださる知人はいない。どうしたら、いい？　「求人」の貼り紙のしてあるところに、直接、当たりました。

まず、国鉄新橋駅のすぐ前の、新興喫茶『処女林』。普通の喫茶店と違っての新興とは、女給さんがお客さんの好きなところを触らせてくれる革新性をもつ、ということでした。わたしの仕事は、入れ込みのボーイ。「イラッシャイ、マセ！」と抑揚をつけて、怒鳴ってから、席まで案内すること。一晩でサヨナラしました。わたしだけが『処女』ならぬ処男だったからです。

翌日、銀座界隈を歩いて探しました。ありました。服部時計店裏の、客席十五ほどの、これは純正の喫茶店。次の日の朝から、白いお仕着せを着ての、毎日八時間労働。注文をきき、注文を運ぶだけの、まあ機械に近い仕事。お客のほとんどは、近くの会社の高級社員。品のいい、明るい店。

でも、思いがけないことが、二十日間で五度ほど、おこりました。

「きみ、中学を出ているのだろう？　うちの会社の重役室で、どうかね、働いてみてくれないかい？」

ほとんど同じ言葉を、別々の高級社員のかたがたから、かけられたのでした。

まず、呆れました。意外でした。外見も、内見も、他人に喜ばれるところが少しもないことを、わたしは知りぬいていました。私小説を読んでいた功徳《こうとく》です。あそこには、好かれる主人公は、ほとんど出てきません。

思いがけないお申し出のすべてを、ただちにお断りしました。あまりうれしい未来の提供者とも、思わずに。

しかし、これから申し上げるのは、その高級社員のかたがたのご好意と、かなり深くかかわりのあるお話です。

あのボーイの日々から七十年近い時間が流れました。わたしは旧制高校と旧制大学を出て、長く大学の教師をつとめたのち、いま、二、三の場所の講師です。

平穏です。でも、やはり、疼《うず》きがあります。それは、少年の日から続いているもの。いまさら、どうしようもありません。

しかし、この三十年来、思いがけない慰め手があらわれました。それは、いずれも身長三十数センチの、中型の二羽の鳥です。

一羽は、メキシコ原産のキエリボウシインコ。わたしの住んでいる市川市の小鳥屋さんが廃業するにあたって譲り受けた、全身濃緑の黄色い襟の、まあ、ごっつい天使。人格が率直で、優しくて剛《つよ》い。十年間小鳥屋さんに養われて、そこでの言葉を刷りこまれていて、「オバサン」、「オ茶」、「コンニチハ」としか、いわない。

ところが、わが家の人（？）となっての二十年の終わりのある宵、わたしが晩酌を始めていたら、突然、叫んだのでした。

「ナニカナイノカ！」

驚きました。恐縮しました。さっそく、お辞儀して、酒の肴をお届けしました。以来、月に一晩くらい、同じお叱りの言葉をいただきます。

二年前、同じ大きさで、種類の違う別の天使があらわれました。アフリカ原産の、全身灰色で、嘴《くちばし》が黒く、尻尾だけが真っ赤なヨームの幼鳥です。これには、驚くほかない特技があって、人間の歌を、すぐ覚えて、たちまち歌えるのです。音楽好きの当方の連れ合いがさっそく、教えこみました。

春が来た　春が来た　どこに来た

夕焼け小焼けで日が暮れて

きよし　この夜　星は光り

象さん　象さん　お鼻が長いのね

なんでも、たちまち、楽しく歌えるのです。

この二羽の天使と親しく共生しているある日、ふっと気づきました。こういう人間外存在とわたしとの、ほのかな心の往《ゆ》き来と同じだったんだなあ、ああ。

銀座は、わたしにとって、二度と返らぬ美しい思い出の街です。

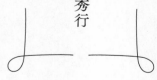

墓場から銀座まで

高野秀行

結婚して三年くらい経ったころだろうか。

妻と夕食を食べながら、共通の知人の名前を挙げて、「あいつはどうしていつもあんなひどい服装なのか」とけなしていた。すると、妻がしみじみ言うのである。

「あんたも他人の服装をとやかく言うようになったんだね」

「どういうこと？」

「だって、あんた昔はファッションの墓場だったじゃん」

ファッションの墓場！　思わず絶句してしまった。

たしかに私は妻と付き合いだしたころ、ワセダのおんぼろアパートに住んでおり、食事は納豆かシーチキン、部屋に風呂がなくて、でも銭湯は値段が高いので市民プールに通っていた。当然、服にカネをかけるという発想もなく、ジーンズにTシャツ、ビーチサンダル（略してビーサン）が基本スタイルだった。自分ではちょっと無頼派《ぶらいは》をきどっていたつもりで、彼女もそこに惹かれたのかと思っていたが、相手側からは「墓場」に映っていたらしい。無念である。

「そうか。あのときは墓場だったのか。じゃあ、今は？」と訊くと、竹を割ったような性格の妻はまた即答。「墓場の門の前」

なんと！　まだ墓場の近くをうろうろしていたのか。

がっくり頭《こうべ》を垂れたものの、当時はまだギリギリ三十代。残留塩素のように若気の至りが心身によどんでいた私は積極的に墓場から離れる方策を考えなかった。

その証拠に、私と同業である妻が小学館ノンフィクション大賞を受賞したとき、東京會舘《かいかん》で行われた授賞式にやっぱりビーサンで出かけた。上に羽織っていたのはミャンマーの反政府ゲリラ「カチン独立軍」にもらった迷彩ジャケットだったし。

煌《きら》びやかなパーティー会場で私はことのほか目立っていたらしい。

このとき意外にも妻にはわりと好評だった。「『ダンナさん、どこ？』って訊かれるたびに『ビーサンの男を探してください』って言えばよかったから。すごくわかりやすかったみたい」とのことだった。

妻の授賞式はこうしてクリアしたのだが、本人の授賞式はどうしたものか――という問題が持ち上がったのは二〇一三年の夏、私が『謎の独立国家ソマリランド』なる本で講談社ノンフィクション賞が決まった直後だった。もはや若気の至りでなく、単なるバカでしかない私は相変わらずミャンマーの民族衣装はどうかなどと考えていたのだが、妻に0・1秒で却下された。

「いい年して公共の場で斜《しゃ》に構えるほど格好悪いものはない」

たしかに。もう四十代後半だしな。

かといって、スーツの一着も持っていない私は、困り果てて友人である作家の内澤旬子さんに相談した。すると、男気があり、出版界のお洒落番長とも呼ばれる内澤さんは「あたしに任せなさい！」と力強く言い放ち、私を銀座に連れて行った。

銀座！　東京出身で、しかもこの二十年ほど都内に住んでいながら、私は銀座で買い物をしたことがない。たまに取材や打ち合わせで行ったとき、教文館で本を買うくらいだ。ましてや、ファッションの墓場近辺を放浪している人間が銀座など恐れ多いにもほどがある。

だが、内澤さんは平然として私の腕を引っ張るように有楽町の阪急メンズ館に行き、まずダンヒルでスーツを試着。ダンヒルってライターメーカーなのにスーツもつくってるのかと、これは冗談でなく驚いた。

気後れするなんてものでなく、途中から「これは修行だ」と自分に言い聞かせなければならなかった。瞑想《めいそう》のように自我を消すしかない。心頭滅却すればメンズ館もまた涼し。そしてメンズ館の店をはしごしながら、まるで着せ替え人形のように、ただただ渡された服を着たり脱いだりして、時が過ぎるのを待っていた。

二時間後、魔窟《まくつ》のようなメンズ館を脱出したと思ったら、今度は入口に仁王像みたいに背の高い男二人が立ちふさがっている店に入っていく。

バーニーズニューヨークというショップだという。ファッションの墓場は帰れ！と追い返されそうだったが、ちゃんと中に入れてもらえた。それどころか、内澤さんと親しい、雑誌「クロワッサン」の編集者の方が「コンシェルジュ」を予約してくれているという。

コンシェルジュを予約ってなんのことかさっぱりだったが、どうもお客さんに服を見立てるプロのことを言うらしい。現れたカモダさんというコンシェルジュの人はしかし、スゴ腕だった。私のことをネットで前もって調べ、身長・体重などのデータをいっさい知らせていないのに、画像などから私のサイズを推測、また講談社ノンフィクション賞の歴代の受賞者や授賞式の雰囲気まで調べて、私たちが到着したときには、もう候補のスーツ数着を用意していた。

着てみると、これがどれも体にピッタリ。「うわっ高野さんが急にかっこよくなった！」と内澤さんやクロワッサンの人も驚くほど。さすがファッションの中心地・銀座のプロである。墓場近辺の住人ですらあっという間に高級マンションに移住させてしまう。

数日後、直してもらったスーツを持ち帰り、妻の前で着て見せた。「こりゃすごい……」とさすがの妻も感嘆していた。妻をあっと言わせた私も鼻高々だ。

当然授賞式でも私のスーツ姿は大好評だった。ありがとう、内澤さんとクロワッサンのイナバさんとコンシェルジュのカモダさん。ありがとう、銀座。

だが、授賞式が終われば私はまたビーサンに戻った。妻によれば「今墓場の最寄りのバス停にいる」とのことである。

美しい銀座の私

田中慎弥

私は本州の西端、山口県の下関市に住んでいる。初めて上京したのは二〇〇五年の秋、文芸誌の新人賞を受け取るためだった。飛行機が怖いので新幹線にした。夕方東京駅に着き、ホームで待っていた担当編集者と一緒に出版社のある神楽坂まで東西線に乗った。社屋では会議室のような部屋に通され、担当者が編集長を呼びにいっている間、その広いところに一人で待たされた。ほんの二、三分だったと思うが、初めて東京に出てきた緊張と、これから自分は本当に小説の世界でやってゆけるのだろうかという不安で、どうしていいかわからなくなった。あのときのぽつねんとした感覚はいまも忘れられない。

その夜は食事のあとそのまま神楽坂に泊まり、翌朝は担当者が別件で顔を出せないということで一人で帰ることになった。このときも、東京駅までのわずかな道のりではあるが、はたして無事に辿り着けるだろうかと不安になった。神楽坂から乗って大手町で降りたのはいいが、案の定、ＪＲの東京駅がどこにあるのかさっぱりわからず、地下の連絡通路を行けば近かったのだろうがどういうわけか地上に出てしまい、そこで信号待ちをしていた人に東京駅はどこですかと訊き、目の前にある、東京駅というはっきりした字が掲げられた巨大な建造物を指差されて不思議そうな顔をされてしまった。いま考えればどうやら、日本橋口に当たっていたようだ。

その後は、たとえば芥川賞の候補になるたびに、いったいどんな結果が待っているのだろうと思いながら上京していた。私はほかの文学賞も含めて落選の回数が多く、それだけに東京はなかなか手ごわい場所であり続けた。編集者に囲まれて当落の結果を待つというあの悪習はなんとかならないものかと思う。

仕事で東京にいる間は編集者と過ごす時間が多いので、東京という土地と編集者という人種とが重なって見えもする。この街には、いろんなところにいろんな店があって、中にはなんの店だかわからない場合や、そもそも店かどうかもはっきりしない、扉さえすぐには見つからないという場合もある。そういう場所を知っている編集者は、複雑な構造を持つ東京の街と一体化して感じられるのだ。ただこれは編集者に限ったことではないだろう。私はパソコン、携帯その他の端末類をまったく持っていないが、どれほど複雑な道であろうと、常識的な都民にとっては手もとの画面一つで解決、たちどころに迷路が迷路でなくなるはずだ。もちろん東京の人に限ったことでもないわけで、これはたんに私が変な人間だというだけの話だ。なぜ携帯を持たないのかと時々訊かれる。持っている人には、仕事や人間関係を保つ・進めるためといったそれなりの理由があるだろうが、持っていない人間に持たない理由を訊かれても答えようがない。ただ持っていないだけだ、と言うしかない。主義として持たない、というわけではない。不便なくらいがちょうどいい、などと上からものを見ているつもりもないし、持っている人たちをバカにしているわけでもない。ただなんとなく、持っていない。だが、ここまで普及しているのに持たないとなると、現代文明への根源的な疑問や反発がどこかにあるのかもしれない。その反発にあまり意味はないが。

そんなふうだから、上京するとき、特に初めて行く場所となると、編集者にファックスで地図を送ってもらってそれを手に歩くことになる。方向感覚に自信があるわけではないけれども、初めて来たときの帰り道のように遠回りしたりひどく迷ってしまったりということはほとんどない。いや、スマートフォン片手であればもっと便利な道が見つかるに違いないから、Ａ４のファックス用紙を手もとでガサガサやること自体がすでに遠回りだと言える。

東京での仕事というのは神楽坂や神保町など、それぞれの出版社がある近辺ですることが多い。したがって東京駅の八重洲口から銀座方面にかけてはあまり行かないのだが、たまたま丸の内側でホテルが取れないとき、銀座に宿泊ということも何度かあった。夜の銀座を呑み歩くほど怖いもの知らずではないかわり、日中、仕事までの時間をつぶすため、あるいは東京駅に向かうために通りを歩くことくらいはある。しかし、どこにどんな店があるか、はっきりわかっているわけではない。ここに和光があるからいまいるのは銀座通りと晴海通りがぶつかる地点だ、と地図を見てやっと理解する。それにしても、通り沿いに並ぶブランド店の威圧感というのはいったいなんなのだ。東京の人にとってはどうということのない普通の、けして威圧的でもなんでもない風景、ということになるのだろうか。地方の工業高校を卒業して純文学を書いているという、ブランド店の林立を日常だと感じている人たちから見れば不審人物としか思えないだろう私には、恐れ入って一言もないというのが正直なところだ。私はかなり場違いだ。

ついでに言うと、これは銀座だけのことではないのだが、東京には美人が多い。人の数が多いから必然的に美人も多いということになるのか、やはり地方に比べると洗練されているということなのか、地方出身者でも東京に住めば自然と緊張感のある顔になるからなのか、あるいは私が美人ばかり見ているからか、とにかく目につく。これもまた、ブランド店の外観と同じく恐れ入る。そういう、背が高く脚も長くみずからが美しいことをはっきり意識して歩いている女性を見ると、こちらはなにも悪いことをしていないにもかかわらず、自分みたいな作家が東京を歩いて大変申し訳ないことです、ここはあなた様のような方のための街に相違ありません、という妙な罪悪感に取りつかれることになる。私がもしも、もしも万が一東京に移り住む日がくるとしたら、それは東京の女性と結婚するときかもしれない、などと田舎者特有の、下品な、虚しい、それでいて美しい想像をすることもあるが、少なくとも銀座を歩いている女性の目には私の姿さえ映っていないに等しいだろう。

あるとき、間抜けなことに仕事用の鉛筆を忘れてきてしまい、買うために銀座の文房具店に入った。店内をあちこち探したが見つからず、店員に訊くと別の階のどこそこに移動した、と言うので行ってみたがやはり見つからず、時間がないのでシャープペンシルを買い、東京滞在中は使ったがその後は鉛筆に戻った。文房具店の店員は女性だった。美人かどうかは覚えていない。

（二〇一四年六月号）

とりとめのない話

田中芳樹

「銀座」を語るには資格が必要な気がする。私が地方都市の出身者だからだろうか。

多くの地方都市には、「○○銀座」と名づけられた商店街があり、しかもその商店街はいちおう繁華してはいたが、なぜか、その都市における最大の繁華街ではなかった。二番手かそれ以下の存在で、ナンバーワンではなかったのだ。大阪、名古屋、博多、札幌……どこの都市でもそうであった、あるいは、そうであるように思う。

地方都市の出身で、上京してきた人間にとっては、両者の関係がちょっと皮肉なものにも感じられる。うちの町にも銀座はあるぞ、もっとも一番にぎやかなのは、銀座じゃなくて別の通りだけどな……。まあ、美化していうと、「屈折した羨望」ということになるだろうか。

本物の銀座のほうは、あるがままにあればいい。すくなくとも国内においては、嫉妬《しっと》や劣等感を抱く対象もないからである。新宿、渋谷、池袋、六本木、それぞれに個性と魅力を持っているが、銀座はちがうのだ。銀座に匹敵するのは、全然別の意味で、秋葉原くらいのものだろう。

大学に入って東京（といっても、五〇メートル歩くと埼玉県）に住むようになった私にとって、必要な街は、乗りかえ駅のある池袋と、神保町だけだった。東京に住んでいる人たちが、べつに毎週末、着飾って銀座に出かけるわけではないこともわかった。もちろん、一度はいってみなきゃ、という気持ちで出かけてはみたが、出かけて、さて、何をする？　品格のあるバーも、洒脱《しゃだつ》な西洋骨董店も、伝統ある料亭も、貧乏学生には縁がないものだったし、ひとりで、あるいは男友達と「銀ぶら」するのもアホらしい。

こりゃ自分の人生には無縁の別天地だな、と思っていたのだが、ところがところが、凡人に未来は見えない。私は人並みに結婚したが、その相手と来たら、築地生まれの築地育ち、ものごころついたころから、築地、銀座、明石町の一帯を走りまわり、「銀座のデパートなんて、乗り物なんか使っていくところじゃないわ、チュンチュン」とさえずる江戸スズメであった。彼女の祖母は、結婚後の若夫婦が中野に住む、と聞

いて、

「年に一度ぐらいは築地に帰って来られるのかい？」

と涙ぐんだほど。こんな娘《の》が何でまた九州生まれのイナカ者と結婚する気になったのやら、いまだにわからない。あ、強引に生命保険には加入させられたけど。

で、結婚後は当然ながらときおり、つれあいの実家を訪れることになったし、そこから足を延ばして銀座の一角をかすめることもあった。整然と区画された街路には、歩くたびに感心させられた。渋谷などはいつも過剰なほどのエネルギーを発散していて、圧倒されるが、半永久的に再開発をつづけている上、地形の高低差が多いので、何度訪れても、よくわからない。とりあえずハチ公の銅像をめあてに進んで、そこを基点にあらためて目的地へ向かうことになる。不謹慎な表現になってしまうが、もし渋谷で直下型大地震に出くわしたら、私は一〇〇パーセント助からないであろう。このごろ右脚も痛いしなあ。

いや、銀座のことである。

地名の由来など、いまさら語るまでもないが、江戸から東京へとうつる時期に銀座を煉瓦街へと改造した明治政府の都市計画は炯眼《けいがん》であったと思う。私は「讒謗律《ざんぼうりつ》」などを制定して言論を大弾圧した明治政府が大きらいだが、銀座を日本文化のシンボルとして再生させた政策は結実して今日《こんにち》に至っている。近代日本、ことに東京の社会・風俗・文化は、銀座抜きでは語れないし、小説にしても、銀座に言及した作品を排除していったら、図書館も古書店街も廃墟と化してしまうだろう。

　文化のなかでも食文化というものがあって、「日本の食文化は和食につきる。食材はもちろん国産」という意見が強いが、近代以降の日本人の体位向上や長寿化には明らかに非和食が貢献しているし、「国産の食材しか食べない」ということになったら、日本人の六割、七五〇〇万人は餓死してしまう。生存の基本に排外主義を持ち込んでも意味はない。

　なんてえらそうなことを書いてしまったが、じつは私は洋食が好き。明治政府はきらいだが、明治以降に輸入、考案、改良された食品や食事は絶品だと断言してしまう。コロッケ、カレーライス、ハヤシライス、あんぱん、アイスクリン、シチュー、カツ丼、エビフライ……あげれば、きりがない。たまに銀座で食事、などということになれば、私はいつも、洋食を選ぶ。だいたいは、つれあいの教示による。「銀座はアタシん家《ち》の裏庭」と豪語するだけあって、これまではずれたことはない。まあ、食事代は私が払うんだから、はずしたりしたら、色々な意味でめんどうだ。

「銀座も変わった」と、多くの人がいい、ときどきつれあいも口にする。街の広い一画が、外国ブランド品の店に占領されたときには、さすがに私も多少の違和感を抱いたが、長くはつづかなかった。それらの店は、いつのまにやら銀座の街につつみこまれてしまい、ハデさがシブさにとりこまれていったように感じる。かずかずの天災や人災を乗りこえて蓄積されていった銀座の味は、安易に変わるものではないだろう。

私は、「日本の物質的繁栄は二〇世紀で終わり。あとは伝統文化や一部の先端技術や観光サービスの質を維持して、分相応に生きていけばいい」と思っている。人口もへっていくことだし、日本製品の質を求めて外国人が殺到するのは、質が保たれているのを証明していて、けっこうなことだ。まあ、もう少し静かにふるまってくれるとありがたいが、しだいにそうなっていくだろう。彼らが銀座に押し寄せるのは、銀座に行くのがステータスだからだ。銀座の国際的実力というものではないか。

過日、自称評論家の誰かが、「外国人の押し寄せる銀座などにボクはいきたくない」と、TVで主張していたそうだ。いきたくないなら、いかなければよい。東京オリンピックをひかえて、銀座に「JAPANESE　ONLY」の幕でもかけたければ、ご自由にどうぞ。銀座の多様性と包容力を否定したい人たちこそ、銀座を害する人だろう。じつは先日、久々に銀座を訪れた。銀座はやはり銀座であった。

帽子の光沢

千早茜

生まれは北海道、育ちはアフリカと九州、そして大学からは京都に住んでいる。はじめて京都を訪れたときに、この街に住みたいと思った。

京都という街は、市内であればたいがい京都感がつきまとう。細かく分類すれば、左京区は芸術系の人が多いとか、夷川通《えびすがわどおり》は家具屋さんが並ぶとか、木屋町《きやまち》は飲み屋街とか、いろいろあるのかもしれない。けれど、まだ住んで二十年足らずの私からすれば、どこも京都の香りがする。

反して、東京は私にとって街というより国である。いや、塊《かたまり》といったほうがいいかもしれない。精神的にも物理的にも様々なものが渦巻く巨大な何かの中に、新宿とか西荻窪とか神楽坂とかいった街がそれぞれのカラーを持って存在している気がする。全体は大きすぎて、うまく把握できない。

街の名前とは、呪文のようなものだと思う。人が口にすればするほど、文字として記録すればするほど、不思議な力がこもる。そして、それはイメージとなって伝染していく。「京都」という言葉には、私が幼いころに読んだ古典の気配が残っている。そして、その気配は現代の街にも漂《ただよ》っている。京都を愛する所以《ゆえん》である。

「銀座」も良い匂いのする名だと思う。古き良き時代の残り香を感じられる街なのだろうと想像していた。通りにはシルエットの美しい街灯が並び、週末にはモダンな洋装をした家族連れが百貨店に買い物に訪れる。食事はもちろん洋食。姿勢の良い給仕がいる、染みひとつない真っ白なテーブルクロスの敷かれた店だ。子供のころの私は何で読んだのか、ずっとそんなイメージを銀座という街に抱いていた。

とはいえ、私にとって東京は巨大すぎた。そして、なにやら怖い印象があった。住む場所ではないと勝手に思い込んでいた私は、東京はいつか仕事で行く場所と定めて、遊びに行くこともなかった。

二十九歳のとき、小説すばる新人賞をいただいた。「授賞式は帝国ホテルでやります」と編集さんに言われた。その報《しら》せをもらったとき、真っ先に思ったことは「やっと仕事で東京に行ける！」だった。

そうして、ほくほくと新幹線に乗って東京へ向かった。宿は山の上ホテルと決めていた。授賞式の前日に東京入りをして、授賞式に来てくれる友人たちとお茶をしようという話になった。「どこで待ち合わせする？」と訊かれて、「銀座」と私は答えた。

銀座はビルの立ち並ぶ都会の街だった。だれもが知っているようなブランドの店が並んでいて、他の東京の景色と同じように空が狭かった。けれど脇道に入れば、文豪と呼ばれる人々が書いた本に登場する老舗がちらほらとあった。和光の時計塔を見上げ、月光荘で便箋《びんせん》を買って、遅いランチをするために資生堂パーラーへ行った。

オムライスやカレーライスといった一般的な洋食が並ぶメニューに、コロッケではなくクロケットと書かれているのに心が躍った。テーブルクロスはぴしりと白く、背筋の伸びた給仕さんたちの佇まいは美しかった。私はチキンライスを頼んだのだが、重々しい蓋つきの銀器に入ってでてきて給仕さんが優雅によそってくれた。四段の薬味タワーがついてくる。銀のカトラリーもぴかぴか。おお、銀座だ、と思った。

友人たちと別れて、ずっと行きたかった奥野ビルのアンティーク店に一人で行き、緑色のリキュールグラスを二つ買った。京都に帰ったらこれで祝杯をあげようと思った。

賞金をはじめて使ったのも銀座だった。福原画廊で私のデビュー作の挿画を描いてくだされた宇野亜喜良《うのあきら》さんの個展があり、そこにあった原画をひとつ買わせていただいた。文字を書いていただいたお金なので、何かひとつ美しいと感じたもののために使いたいと思ったのだ。その後、銀座をずんずんと歩いて、ホテル西洋銀座でお茶をして銀座マカロンを買って帰った。

銀座に来るたびに食い気に走ってつい甘いものを買ってしまう。イデミ・スギノの生姜《しょうが》のマドレーヌ、空也の最中、銀座ハプスブルク・ファイルヒェンのテーベッカライ、資生堂パーラーの椿缶は限定色を見かけるたびに買い求めて、ボタンやリボンや端切れをしまっている。マリアージュ・フレールのティー・サロンが京都になくなってしまったので、最近は銀座に行くと必ずケーキを食べに寄ってしまう。ワゴンから選ぶと、分厚い一切れを二重の皿に盛ってくれる。嫌なことがあっても、たっぷりのポットティーと、ナイフとフォークの添えられた大きなケーキを前にすれば吹き飛ぶ。前日に飲みすぎていたら、銀座鹿乃子《かのこ》のゆでたてあずきの優しい味に癒してもらう。

とはいえ、私ももう三十代後半。そろそろ食い気ばかりでもいけないと思う。嵐山光三郎先生の著作『とっておきの銀座』には、大人の銀ブラの仕方が書かれている。贅沢《ぜいたく》なランチに、粋《いき》な手土産、先生が愛用するこだわり抜かれた小物や衣服や装飾品が紹介されている。一流のものを身にまとい、昔から変わらぬ味を愉《たの》しむ。この本を読むと、銀座という街は正しいものがあふれる街なのだと感じる。

泉鏡花文学賞をいただいたとき、授賞式で選考委員の嵐山光三郎先生にお会いした。打ち水のされた石畳を悠々と歩き、料亭に入っていく先生は、和服にケープのついたモダンな黒のコートを羽織り、きれいな形の帽子を被《かぶ》っておられた。本にあったトラヤ帽子店で買われたものなのだろうか、と思ったが、あまりの文士オーラに圧倒されてしまい訊くことができなかった。着物の上に羽織るケープ付きの袖のないコートはインバネスとか鳶《とんび》と呼ぶのだと後で知った。

会食が済むと、先生はまた帽子を被り、金沢の夜に溶けるように去っていかれた。帽子には濡れた苔《こけ》のような光沢があった。銀座の帽子店でスチームをかけてもらうと古い帽子は雨上がりの舗道のようにしっとりとした艶がでる、と書かれていたことを思いだした。ぎらぎらとした華美なアクセサリーとは違う、控えめで上質な光沢。それは、私の頭の中で夜の間中、ぼうっと光っていて、ああ、あれが大人の銀座なのだと思った。

一流のものを丁寧に手入れをしながら長く使う。いつかあんな本当の大人になりたいものだ。どうかそれまで、銀座が良い匂いのする街であって欲しいと思う。

＊イデミ・スギノは二〇二二年四月に、惜しまれつつ閉店しました。

数寄屋橋ハンターのこと

都築響一

高校時代になにを読んで、なにを聴いたかというのが、どんなオトナになるのかを決定づける。僕を育ててくれたのは、銀座のイエナ洋書店と数寄屋橋ハンターだった。銀座でバスから地下鉄へと乗り換えて通学していた高校時代、丸ノ内線の銀座駅で降りて、イエナで洋雑誌を立ち読みするのか、数寄屋橋のハンターで中古レコードを漁るのか、きょうはどっちにしようと迷うのが、すごく楽しかった思い出がある。乏しい小遣いで買える洋書やLPはたかがしれた数だったが、吟味の末に購入した本やレコードは、ほんとにボロボロになるまで読み込んで、聴き込んだ。なにかにあんなにも熱中できたことが、いまでは懐かしいし、いまはもうできない。

植草甚一さんをはじめとして、イエナ洋書店のことを書いている人は多いが、ハンターについてはほとんど書かれていない。高速道路の下を晴海通りからみゆき通りまで続く、ゆるくカーブした二階建ての数寄屋橋ショッピングセンター（現・銀座ファイブ）。あそこにはずいぶんおもしろい店が入っていたが、ハンターはその二階に広い店舗を構えていた。一時はソニービル地下にも支店があったが、ショッピングセンターが昭和三十二（一九五七）年に創業すると同時に出店した。ショッピングセンターに働くこと三十余年、生き字引のような銀座ファイブ総務部長・大畠章裕さんのお話によると、ハンターの初代は音楽好きが高じて店を始めたらしい。僕が覚えているかぎりでも、当時はヤマハや山野楽器、新宿コタニのような大きなレコード屋が例外的にあったほかは、ハンターのように広い店を構える中古専門店はなかったはず。そういえばハンターは、テレビ・コマーシャルを放映する唯一の中古レコード屋でもあった。

和洋のポピュラーをメーンにした店のほかに、クラシック専門の店、それに通路を挟んで「三十万、四十万円もする真空管アンプやスピーカー」を売る中古オーディオ店と、最盛期のハンターはショッピングセンター内に三つの店舗を持っていた。銀座の一等地で、「最盛期は広さが九十三坪はありました」と言うから、かなりの商売をしていたことになる。

　ハンターが好きだったのは、最近のマニアックなレコード屋とちがって、とにかく雑多な、そして膨大な量の中古レコードがいつも入荷していたこと。ポリシーがないとも言えたが、だからこそ自分だけの好みの一枚を探すのがおもしろかったわけで、「芸能人や外国人のミュージシャン、クラシック界の大御所まで、よく来てレコード探しに熱中していたようです」と大畠さんも教えてくれた。業界用語で〝エサ箱〟と言うのだが、ショーケースに収まりきらずに、足下に置かれた段ボール箱。あれに詰め込まれたＬＰを、しゃがみ込んだまま、ザ、ザ、ザ、と猛烈な勢いで摘み上げては戻していく。マニアの手さばき。あれを初めて目撃したのも、たしか数寄屋橋ハンターだった。

　平成三年に数寄屋橋ショッピングセンターは二階をリニューアル。平成十年あたりからハンターに活気がなくなっていったようだ。店は創業者から二代目に代がわりしていたが、「二代目さんは音楽より商売好き」で、客がいい商品を持ちこんでも、高い値をつけない。自然と売りにくる客が少なくなり、そうなると商品の品揃えや回転が悪くなるから、買いにくる客が少なくなる、という悪循環に陥っていった。バブルの時代に、家屋建て替えに伴って市場に放出された大量の中古レコードを、商売にうまく活用できなかったことも、凋落《ちょうらく》の要因になった。東京はすでに、各ジャンルに特化した大小さまざまな中古レコード屋がしのぎを削る、世界有数の激戦地になっていたのである。

新橋には本店と倉庫を兼ねた自社ビルまで所有していたハンターだが、まずソニービル店が閉店。そして二〇〇一年夏に、最後の砦だった数寄屋橋店も閉店。突然の倒産だったが、「それから一年ぐらいは、知らないで来たお客さんが、店のあったところで呆然としてるのを、よく見かけました」という。

四十年間以上にわたって中古レコード屋の代表的存在だったハンターは、どれだけ多くのミュージシャンや音楽マニアを育ててきたかわからない。いつのまにか足が遠のいていただけに、閉店もずいぶんたってから知ったぼくも、かなりのショックを受けた。出版業界でいえばブックオフのようなものだろうか、決してマニアックな品揃えでもなければ、評論家はだしの店員がいるわけでもない。店と自分と目利き勝負のセレクト・ショップではなくて、なんでもあるけど、なんにもないかもしれない大規模総合店で、ぬるく楽しむハンティング・タイム。そういう遊び方をさせてくれる中古レコード屋は、もう東京には存在できないのかもしれない。

「ハンターだけじゃなくてね、この銀座ファイブ自体もそのころからずいぶん変わったんですよ」と大畠さんは言う。開業から今年で五十年！　そのうち三十年ほどは「全部で十軒ぐらいしか、店がかわった記憶がないんです。だから家族みたいな商店会でした」。それが平成八年ぐらいからいままでで、「八十軒のうち七十軒が新しくなっちゃったんですから」。たしかに、久しぶりに地下から二階まで歩き回ってみると、昔のままの店はほとんど見あたらない。

外国資本の巨大ホテルとブランド・ショップが次々にあらわれる、その陰で昔ながらの建築が、何十年もお客さんに愛されてきた小さな店が、どんどん潰されていく。そういうお洒落でゴージャスで、乾いて無慈悲《むじひ》な、いまの銀座。ハンターの残り香をむなしく求めて銀座ファイブを歩き回った僕に、「きょうも夜になるまで家になんか帰らないぞ！」と意気込んだ高校時代の興奮がよみがえることは、もちろんなかった。

（二〇〇七年六月号）

銀座と私

中川李枝子

テレビも週刊誌もなかった昔、子どもは家と学校の間を行き来するほかは自由行動を許されず世の中のことはほんの少ししか知らなかった。がその分、好奇心と想像力はなかなか旺盛でおよそ退屈しなかった。隙あらば何でも見てやろう聞いてやろうと身構えていた。見ザル・聞カザル・言ワザルなんてとんでもない、たとえ国策であったとしても。

たまに電車に乗って知らない町へ行くとなれば心臓のドキドキがわかるくらい興奮した。外出は必ずよそゆきに着替え、帽子をかぶって革靴をはいた。気分はイザ出陣！緊張もした。こわいのは黒マントの人さらい（何故かそう思い込んでいた）と、迷子になることで、玄関を出るとき胸の中で「住所は杉並区天沼一丁目……」としっかりおさらいした。

外で目に入るものは景色も人もすべて珍しく見飽きなかった。そしていつも「そんなに人をじろじろ見てはいけない」と親に再三注意され不作法と叱られた。

そのころ東京に住んでいても銀座は遠く、はるか彼方にあって子どもにはとても近寄れない所と思っていた。というのも私が子どもだったのは戦争中で、電車で外出したのはせいぜい小学一年生まで。いつアメリカの飛行機が爆弾を落としにやってくるかわからない。遠足も運動会もできなかった。上野動物園の猛獣はかわいそうにみな処分された。気質のおだやかな象まで。

子どもが遊べるのは親の声の届く範囲に限られ、学校の行き帰りの道草寄り道は厳禁で見つかると大目玉を食らった。それでせめてもの時間稼ぎに友だち同士おしゃべりしながらのろのろ歩いた。途中の電信柱に「ぜいたくは敵だ！」「欲しがりません勝つまでは」のビラが貼ってあると声を張り上げて読み、戦死者を讃える「英霊」の札が下がった家の前では立ち止まり恭《うやうや》しく最敬礼した。ついでに英霊のお姿が見えるかしらと門の中をのぞいた。そんな子どもなのに「銀座」を知っていたのは周りの大人たちの話を聞きかじったせいだろう。しょっちゅう銀ぶらをしていた軟派大学生の叔父が素晴らしい美人を見かけ、どこの令嬢かと後をつけたら溝板長屋《どぶいた》の娘さんで驚いたとか、金紗《きんしゃ》のお召しで銀座に出かけた奥さんが愛国婦人会の人たちに咎《とが》められたとか、振袖のたもとを切られたとか。へえ、それが銀座なんだと私は妙に納得がいった。大人の話に子どもは首を突っ込むなと追い払われても私は引き下がらなかった。だっておもしろいのだもの。それに手に入れた情報は貴重で学校へ持っていき話のタネにするのだ。ないないづくしのご時世、たからものなど一つも持たない女の子たちの最大のたのしみは元手いらずのおしゃべりだった。話の最初に「戦争になる前」がつけばなんでもありで、ぜいたくは敵でなかった。一人が「あたしのお母さんはパーマネントをかけてたの。コティのお化粧品持ってたの。ひらひらのお洋服に首飾りしてルビーの指輪はめて高靴（ハイヒールのこと）はいて銀座のダンスホールに行ったんですって」と言えば必ず誰か「うちのお母さんもよ」と相槌を打った。それでも先生が教室に入ってくるとみな優等生の小国民に変身、「きょうも学校へいけるのは兵隊さんのおかげです お国のために戦死した兵隊さんのおかげです」と歌い、大きくなったら従軍看護婦になって戦地に行きたいと胸を張った。

校長先生は朝礼のたび外国人を見たらスパイと思えと言い、スパイの手引きで爆弾が落ち空襲になると言う。スパイとはどんな風態《ふうてい》をしているのだろうと女の子たちは考えた。りゅうとした身なりの紳士で銀座の辺にひそんでいそう——。

三年生の夏休みに学童疎開令が出て私は札幌の祖父の許へ預けられた。親と別れるよりも友だちと離れ離れになるのが辛かった。信州に集団疎開するグループは修学旅行の前夜みたいにはしゃいでいた。

祖父の家には明治大正昭和の「文学全集」というより大衆小説が揃い、製本装丁は極上、漢字は総ルビつきで私にも読めた。親類のお下がりの「赤い鳥」や名作童話集もあったけれど菊池寛や江戸川乱歩のほうがぞくぞくするほど断然おもしろい。小説にはなんと言っても私の憧れる「戦争になる前」の東京銀座界隈がたっぷり出てくる。空襲や燈火管制、スパイも愛国婦人会もなかった時代にタイムスリップするだけでも読むたのしみは十分あった。恋物語の筋書きは二の次で美しいヒロインのはなやかな身辺に私はうっとりした。パラソル・レースの手袋・ビロードのショール・ハンカチーフ・香水・シャボン・銀座資生堂パーラーのアイスクリーム・銀の食器などなど。それから『金色夜叉』（尾崎紅葉）のきらびやかな新年カルタ会の冒頭シーンは今も忘れられない。祖母に子どもの読む本ではないと注意されたが隠れて読みふけった。札幌の学校で私はおとなしかった。銀座を知ってる子はいないのだから「戦争になる前」の話をしたってつまらない。ただもう東京に帰りたかった。翌夏戦争は負けて終わった。

このあいだ幸運にもBSテレビで小津安二郎作品が連続で放映された。劇映画でありながらあの時代に生きた日本人と社会背景を捉えたドキュメンタリーでもあると思う。終戦後間もない銀座には、かつて私が夢中で読んだ小説の名残りがあって懐かしかった。スクリーンにしばしば映る四丁目の和光の時計は今も変らない。

さてハナタレ女の子だった私も一人前の大人になり、気が向けば銀ぶらもショッピングもパーラーのアイスクリームも思いのまま――となると意外に感激は薄れ、いつの間にやら出不精になってしまった。結婚してからは銀座に出かけるのはほとんど夕暮れどき、それも画廊のオープニングが主なので脇目も振らず足早になる。連れの夫は絵描きで銀座にくわしい。番地だけでドンピシャリ会場に着くが、方向音痴の私はいったいどこの通りをどこへ向かっているやらさっぱりわからない、はぐれたら大変。銀座には画廊がいっぱいある。毎晩どこかでオープニングがあり、招待客にまぎれ込み飲み食いするスパイならぬニセ画伯もいるそうだ。私はパーティーの後は夫の友人たちとバーやビアホールへまわるが、それがどこの何という店だったかすぐ忘れてしまう。いつか昼間の明るい銀座を心ゆくままのんびり歩きたい。私は今も確かに銀座に憧れているのだから。

唐揚げ考

南條竹則

ファストフードのフライドチキンが津々浦々に広まるずっと前、幼いころに食べた鶏の唐揚げのことを、ときどき思い出す。

かくいうわたしは東京タワーと同じ昭和三十三年生まれだが、わたしよりも上の世代で、ずっと東京に住んでおられた方なら、三笠会館の唐揚げといえば、「ああ」とお思いになるにちがいない。

せんだって池袋で用事のあった帰り、親戚のおばさんと晩ご飯を食べた。デパートに入っている三笠会館の出店で、鶏の唐揚げを食べたのだった。

唐揚げには洋芥子《ようがらし》と胡麻塩がついて来た。

ああ、そうだ。洋芥子をつけて食べるのは、昔もそうだったと思った。

というのも、幼い頃、わが家の女性たちはよく銀座の三笠会館へ行ったのだ。ことにあそこを贔屓《ひいき》にしていたのは叔母の真理子おばさんで、親戚の女性などがくると、

「じゃあ、三笠会館へ行こうか」

といってはタクシーに乗り、並木通りへ出かけていくのだった。

わたしは、まだ小さな子供だったが、よくついていった。当時の店の構えなどはほとんど覚えていない。横に長いテーブルがあったような気がするけれども、それが本当にあの店の記憶だかどうだかさだかではない。ただ芳《こう》ばしい鶏の香りだけが印象に残っている。

唐揚げが食べたくなると三笠会館へ行くというのは、わが家の真理子おばさんのみならず、東京の多くの人がしたこととみえて、店は繁盛し、立派なビルが建っている。

数年前、三笠会館ビルの中華料理店で食事会があった。

久しぶりであの建物の中に入ったわたしは、案内をしてくれた女性に昔の話をしたら、

「そうなんです、ここは唐揚げビルといわれています」

といって笑った。

偉大なるかな、唐揚げ！

しかし、今の日本人が鶏の唐揚げを食べるのに、わざわざどこの店と決めて、電車に乗ったりして行くだろうか？

唐揚げは今は家庭でもふつうにつくる。お惣菜としても売っているし、ファストフード店でも買える。だが、当時この食べ物は、そんなに身近でなかったにちがいない。

そもそも、鶏の唐揚げというのは外国料理である。和食では鶏といえば、焼き物か、なによりも鶏鍋だった。そうした文化的風土が、わたしの生まれた高度経済成長期のあの頃までは残っていたのだろうと思う。

そういえば、中華料理でも昔は唐揚げを重要なメニューの一つにしている店が多かった。

わたしの家の近所に、××軒という小さな中華料理店があった。十人も入れないような小さな店で、おじいさんとおばあさんがやっていた。わたしはたまに昼を食べにいっただけで、取りたてて美味しくもなかったが、昔ながらの店の雰囲気は気に入っていた。

そこの壁には横長の黒板が張りつけてあり、赤や緑で品書きが書いてあった（この黒地に赤や緑や黄の品書きというのは、昔の中華料理屋でよく見たものである）。

献立は例のごとく麺類とご飯物が並んでいるが、そのほかに「一品料理」の欄があって、それには酢豚や芙蓉蟹《ふようはい》、八宝菜、肉団子、それに鶏の唐揚げと書いてあったのである。「何々鶏」ではない、ただの普通の唐揚げだ。しかし、ただの唐揚げでも、本当は美味しいものである。

わたしは大学で英文学の授業をしている。

近ごろはあまりやらなくなったが、以前は年にいっぺんくらい、学生たちを中華料理屋に連れて行って、ご飯を食べた。

もちろん、お金は大部分こちらが出すので、一人や二人ならいいが、学生が大勢いると贅沢なものは食べさせられない。しかし、質素なものでもいいが、不味《まず》いものは食べさせたくない。ちゃんとした料理人がちゃんとした味つけでこしらえた本式の料理を食べさせたい。

あるとき、新宿の行きつけの料理店の旦那にそのことをいって、献立をまかせたら、美味しくて安い家庭料理をたくさんつくってくれた。いや、家庭料理だけでなく、フカヒレのスープなども出血大サービスで出てきたから、気がひけるくらいだった。

その家庭料理の一つに鶏の唐揚げがあった。

大皿にどっさり盛られたその唐揚げのなんとも美味しかったこと。皮は芳ばしいし、身はパサパサしていなくて、油淋鶏《ユーリンジー》ふうのタレがかかっている。

その店の料理人は中国東北地方の人で、揚げ物が上手なのである。たとえば抜絲《バースー》という、山芋や林檎《りんご》を油で揚げて、飴をからめるデザートがあるが、そういうものを上手につくる。また揚げ物のつけ合わせに、青菜を細かく刻んで高温で揚げるものがある。下手につくるとべたべたしてよくないけれども、その料理人につくらせると、パリパリの、半分透きとおったエメラルドの紙のようなものができ上がる。

そういう人が揚げた唐揚げは、立派な宴席料理である。

唐揚げといえば、こんなことを思い出す。

以前、台湾のある美しい女優さんを囲んで、仕事の関係者が居酒屋のようなところで食事をした。

そのお嬢さんは目の前にあった鶏の唐揚げをちょっと食べたと思ったら、慌てて口から出し、

「これは鶏?」

と隣の人に尋ねた。

「そうですよ」

と隣の人がこたえると、それっきり箸をつけない。

じつは、このお嬢さんの家では、味の好みなのか、それとも一種の家風なのか、鶏肉をけして食べないのだそうである。

「それなら、さっきはどうして食べようとしたんです？」

とわたしがきくと、

「蛙《かえる》だと思ったから」

とお嬢さんは澄ましてこたえた。

なるほど、たしかにその唐揚げは肉の切り方が小さくて、蛙の脚に見えなくもなかった。

これを読んでいるみなさんの中には、鶏はまっとうな食べ物であり、蛙はゲテモノだと思っておられる方もおいでだろう。だが、世の中にはこういう場合もあるのである。

銀座ヒット

西川美和

映画は一人ではできないから厄介だろう、と思って、大学時代は写真を撮っていた。二十世紀の終わりごろ。お金もないし、付き合いもないし、銀座など行く用事もなかったが、歌舞伎座の裏にある出版社がカメラアシスタントを募集していて、アルバイトで通っていた時期があった。写真の道で生きていく腹を決めていたわけでもなかったが、その腹を確かめるためにも、とでも思ったのだろう。

私はそこで、大人になって初めて男の人に手を上げられた。

撮影には、三五ミリのカメラと、六×六センチのブローニーフィルムを使うハッセルブラッドというスウェーデン製の高級中判カメラが使われた。ハッセルはフィルム一本につき、切れるシャッターはたったの十二回。しかしカメラマンはじゃんじゃかシャッターを切る。十二回など、一瞬である。だからフィルムを詰める着脱式のマガジンが予備で四体あり、撮影している合間に次々新しいフィルムを装塡《そうてん》するのがアシスタントの仕事であった。

しかしこのブローニーフィルムは単なる巻物のような形状で、三五ミリのように歯車に噛ませるパーフォレーション（両側に開けられた穴）もなく、巻き入れには手間がかかる。フィルムの取り出し、整理、装塡とを同時進行しつつ、シャッターの音を耳で聴いて、残り一枚になったところで「ラストです」と口頭で伝えるのだが、自分で数えながらそのカウントダウンが恐怖だった。フィルムの端が巻き軸の溝にうまく差し込めない。差し込み方をしくじれば、巻き込む内にフィルムの角度がよじれてしまう。外国人モデルがへそを曲げたり、照明が倒れたり、何でもいいからトラブルが起きて、シャッターを切る手が止まればいいのに、と本気で祈った。六、五、四、三……もう、どのマガジンが撮影済みで、どれが空なのか、わからなくなる。そのとき、カメラマンがハッセルのレンズをチェンジしろ、と言ってきた。私はめまいを起こしそうになりながら、ずっしりと重たいレンズを習った通りの手順でボディにはめ込んだ――つもりだった。が、私の手の中では、するはずのない嫌な音がしたのだ。見るとボディとレンズとが、明らかに歪《ゆが》んだ角度で合体している。げぇっ！　と声を上げそうになるのを堪《こら》え、ここそ着脱ボタンを連打してみるも、びくともしない。やがてあれほど止まってくれと思っていたシャッター音が止《や》んでしまった。事態に気づいたカメラマンが、やめろ、と小さく叫んで、私の手から死にかけた小鳥を救い出すようにハッセルを取り上げた。いいからお前はフィルムを入れてろ、と言われた私の脳髄《のうずい》は、もう溶けかかっていたのだろうか。開けたマガジンの中身を見て、「おや」と思った。見たこともない状態。入れ方を間違った。やり直さなくちゃ。慌てて中からフィルムを力任せに引っ張り出した。そしてその瞬間に「あ、これは撮影済みだ」と気がついた。ご存知の通り、フィルムを明るみで引っ張りだせば、一瞬の内にすべては無と化す。私は黙って手を止めた。止めた瞬間に、私の頭は横から大きな手のひらではたかれた。軽いリズムのギターポップのBGMだけが、スタジオに虚しく響いていた。

カメラマンはインドの巨大石仏に似た彫りの深い強面《こわもて》で、後輩や女性に媚《こび》など売らない剛直さと、繊細で潔癖な匂いとが混じった四十がらみの男性だった。人を殴ったことも一度や二度ではないのではないか。しかし私の側頭部は、ヒットの寸前にそのスイングに僅かにブレーキがかかったのを感じていた。直後に息をのんだままその顔を仰ぎ見たとき、こんな殴り方をしたのはこの人も初めてなのじゃないか、と思った。そのくらい絶望的な顔をしていた。まるで世界に裏切られたような。もしかしたら女に手を上げたこともなかったのかも知れない。そんなことをすること自体、屈辱と思っている表情でもあった。それでもその手を止められなかったのだ。カメラマンにとって、撮ったフィルムを開けられるとは、そういうことなのか。

モデルは同じ照明の下で同じ洋服でくねくね同じようなポーズをとっている。撮った内の一本お釈迦《しやか》になったとしても、撮り直すチャンスもある、とも思うけど——しかし、仕事というものはそんな考えでやるものではないのかも知れない。「また」があると思わず、「これしかない」と思って、やる。そう考えなければ、一度ずつのシャッターに身を切ることはできないのかも知れない。そんなことを初めて思った仕事であった。

私はその日、口をもがれたようになり、後から合流した先輩に助けられながら一日を終えた。深夜二時半。その後銀座にもこんな店が、と驚くようなしょぼくれた居酒屋で、朝まで三人で飲んだ。半分は骨太な説教、半分は「ああして殴ってしまったけども、それはお前に見込みがあると思ったからだ」などというバツ悪げな釈明が続いた。見込みがある人間があんなミスをするだろうか、と私は内心思いながら、股ぐらに両手をはさんで、はい、すいません、はい、すいません、と聴いていた。巨大石仏に対して、先輩の男性はチベット高僧のような顔貌で、優しかった。カメラマンがトイレに行っている隙に、「だれでも失敗はあるよ。俺も随分やったよ。その都度死にたくなったよ。さすがに今日の西川ほどのことはしたことがないけどなあ」と笑ってくれた。ありがたくて、いたたまれなくて、私はまた、はい、すいません。と小さくなった。

それから十五年余り経ち、自分の映画の宣伝で雑誌の取材を受けた時、写真を撮ってくれたカメラマンが、そのときの先輩だった。「憶《おぼ》えてますか」と言われた瞬間、すべてが蘇《よみがえ》り、私は平身低頭した。「その節は、本当に、申し訳ございませんでした」。先輩は「なにをなにを」とかぶりを振りながら笑った。そのときの失敗が原因でもないが、結局写真の世界への覚悟が自分には見つけられず、私は半年ほどでそのアルバイトもやめた。早々に別のほうへと舵《かじ》を切った自分に対し、そのままあの道で、じっと踏ん張って独り立ちした先輩を見ると、またも頭の上がらないような気持ちになった。先輩は、高僧のような面立ちも、優しい雰囲気もそのままであったが、私のことをもう呼び捨てにはしなかった。「少し笑顔でお願いします」と言われて、カメラを見ながら、笑顔をつくった。到底笑えない思いだったが、ここでちゃんと笑顔を撮らせなければ、先輩の仕事を駄目にする、と思った。私はレンズの前で、なにもかもを忘れて笑った。

銀座のウシツツキ

似鳥　鶏

大学は千葉だったが、学生の頃は時折銀座で遊んでいた。こう書くとずいぶん贅沢な学生時代を過ごしやがったなと思われるかもしれないが、別に寿司を食べたりクラブのねえちゃんを口説いたりといった遊びをしていたわけではない。そんな金は存在の気配すらなかった。仕送りとバイトと奨学金で生活していたので、たとえあっても贅沢など精神的にできなかった（気が小さかった）。外食といえば牛丼屋のことだったし、一キロ三百八十円の鶏胸肉以外には肉を滅多《めった》に買わず、ベーコンは贅沢品であった。繰り返す。ベーコンは贅沢品であった。ときどきスーパーの肉売り場で「きょうはベーコンいってみるか！」とわざわざ口にだし、そうすることによって自分を鼓舞《こぶ》してようやくひとパック、手にとれた。そんな状態だった。そういえばスーパーでは真空パックの使い切り用ハーフサイズベーコンを売っているが、あれが食品値上げの際に「薄く」なったのが悲しかった。表示価格のほうを上げたくないから内容量を減らす。グラムいくらで売る肉ではそうはいかないが、真空パックのベーコンは「ひとパック○枚入りいくら」で値段をつけられているため、入っている肉を薄くすれば枚数を減らさずにグラム数を落とし、実質値上げができるのである。原材料価格高騰のあおりを受けての文字どおり苦肉の策なのだろうが、なぜかその後に訪れたデフレ期でもベーコンの厚さはそのままだった。世間が値下げをしているんだからベーコンも元どおり厚くしてくれ、と思ったが、売り手からしてみれば、すでに薄いほうのベーコンが流通している以上、厚いやつを出しても損をするだけなのである。つまりベーコンは薄くなる方向には変化しても再び厚くなることは絶対にないのである。悪ベーコンは良ベーコンを駆逐《くちく》する。悲しいことである。

ベーコンの話はどうでもいい。

ベーコンをありがたがるレベルの貧乏学生が銀座で何をして遊んでいたかといえば、銀座・京橋あたりにたくさん営業している画廊をはしごしていたのである。西船橋駅から地下鉄東西線で日本橋駅まで行き（JRだけで都心に出るより二十円くらい安かったと記憶している)、中央通りを南西方向に歩いて京橋→銀座→東銀座と歩く。展覧会開催中の場合はポスターの掲載作品を見て、そうでない場合はガラス越しに中を覗いたり入口付近の作品を見て、おもしろそうなところを選んで入る。客のふりをして作品を見てまわり、可能な限り気配を消してするりと退店するのである。それを繰り返し、腹が減ったら牛丼屋に行き(繰り返すが、そこしか入れない)、また歩く。美術館というやつは派手な特別展だと千八百円もしたりするが(それでもほかの娯楽と比べればずいぶんと安い)、画廊は原則的にただである。それどころか逆にお茶やお茶菓子をいただけたりする。展覧会開催中は作者の方に会って話を聞くこともできる。これほどお得な話はなかった。スーパーの試食コーナーを巡回する小学生のようではあるが。

そして、ありがたいことに画廊は、こうした「明らかに冷やかし」の人間に対して嫌な顔を見せたりしないのである。内心は知らぬが店主は笑顔で対応し、作品解説などしてくれる。無論むこうも道楽ではないから、私より身なりがよく年配の「本物の客」が入ってくればそちらに行くし、「リビング用ですか」「どういった雰囲気のものをお探しですか」と話しかける。私はそういう質問をされたことが一度もなく、常に「絵を描かれるんですか」と訊かれる(むこうもちゃんとわかっているのである)。その上で寸分《すんぶん》の差別もなく対応してくれた。

もとより画廊というところはたとえ冷やかしであっても来店を歓迎する性質があり、とりわけ無名の作家の個展などにおいては店舗というより会場《ハコ》という性質が強くなるため、人は来れば来るほどありがたい、という面がある。冷やかしにも客寄せの効果はいくぶんあるし、全身ファストファッションの客が百万クラスの作品をポンと買ってくれる可能性もゼロではないし、実はどこかの業界の有名人であったりして有益なつきあいに発展する可能性もある。だがそれらを差し引いても、貧乏オーラをほとばしらせる当時の私が「なんだこいつ冷やかしじゃねえか」という顔をされたことが一度もなかった、というのは、今から考えればありがたい話であった。

そういえば銀座というところは、老舗の高級店がずらりと並ぶ一方で、金のない訪問者の姿も常にある街だったのである。着飾った紳士淑女令息令嬢の狭間に、水牛の周囲をちょろちょろ飛び回るウシツツキのような風情で「銀ぶら」中の学生がいる。当時の風景を直接見たわけではないが、おそらく昔からそんな感じだったのではないだろうか。あまりに身なりが汚かったり粗野な言動で迷惑をかけたりというのなら別だが、貧乏なりにきちんと身ぎれいにして礼儀正しく、最低限の遠慮をもっている若造にたいしては、たとえ冷やかしでも露骨に嫌な顔はしない。その若造が将来立身出世し、上客に変身して帰ってくるかもしれない。それが新たな上得意にもなり、つきあいを生み、店の糧《かて》となって続いていく――そういう哲学がどこかに働いているのかもしれないと思う。由緒正しい店、由緒正しい街ほどそういう長期的な視点がある気がする。昨今やたらと目につくなんとか丘とかなんとか台といった新造高級住宅地ほど塀で周囲を囲み、内部だけで生活を完結させ、監視カメラつきのゲートで外部を排除するではないか。銀座の街は老舗の高級店が多いが、あくまで隣の街と地続きである。よくイメージされるように敷居の高い店ばかりでなく、実はユニクロ銀座店とか吉野家銀座三丁目店なんていうのもある。銀座に来てもウインドーショッピング専門で、実際に服を買うのはユニクロ銀座店（そして昼食は吉野家）、という若造がいずれほかの店にも来るようになる。銀座の街はたぶん、それを気長に待っていてくれる。

とはいえ、画廊を「無料美術館・お茶付き」扱いして巡回してはお茶菓子をいただいていたというのは、今から考えるとどうなのだろうかと思う。ウシツツキという鳥は基本的に水牛の背中についた寄生虫を食べているのだが、ときどき図々しいやつがいて、牛の鼻の穴や口の中に嘴《くちばし》をつっこんでまで餌を取る。あるいはそれに近かったかもしれないと、今では反省している。

未来のようで懐かしく

東 直子

銀座の街に夕暮れが迫り、人工の光が灯りはじめると、SF映画の『ブレードランナー』（監督　リドリー・スコット）を思い出す。ぴかぴかに磨き上げられた近代的な美しいビルが碁盤の目に収まるように整然と並び輝く銀座の街の中で、高層ビルの間を空飛ぶ車が行き交うような近未来の世界にいるように感じてしまうのだ。

もっと高いビルがある新宿や渋谷でも「近未来」を感じてもいいはずなのだが、ほかの都市ではなぜかこの感慨は起きない。つねにどこかで轟音を放ちながら工事が行われ、おそろしくたくさんの人が交差点で行き交い、地上にも地下にも、人々は忙しく蠢《うごめ》いている印象である。なんというか、新宿や渋谷は今まさに増殖中の現在進行形の街、というイメージなのである。

銀座でももちろんつねにどこかで新しいビルを建設中だったりするのだろうが、どういうわけか街を歩いていて工事の音がうるさいと感じたことがないのだ。もしかすると「ドレスコード」ならぬ「工事コード」のようなものがあって、銀座で工事を行う場合は、極力騒音を抑え、周りに配慮しながら工事を進める工夫がなされているのではないかと推測してしまう。工事に気づかぬうちに、最新のデザインセンスの、真新しいビルがずん、と涼しい顔で建っていて驚くことがある。思わず立ち止まってしげしげと見上げると、ヤボなことはおよしなさい、とでも言うように、ビルのガラスが、太陽の光をきらりと反射してみせる。

『ブレードランナー』のどこか退廃的なイメージとそんな「銀座」は、根本的には違うとは思うけれど、ビルの上に掲げられた、さまざまな企業のカラフルなロゴや美男美女等の映る大きな光の看板が夜空にぽっかり浮かんでいると、夢のようだ、と思えてならない。道がまっすぐであることに加えて、光看板がぽっかり浮かぶ空が広く感じられるくらい道幅があることもポイントなのだろう。丸いフォルムが印象的な三愛ビルを取り囲むあたりの雰囲気が、特に好ましい。

そんなふうに銀座は近未来的だ、と思うこともあるけれど、懐かしいなあ、と思えるところもずんぶんにある。『私の銀座』（新潮文庫）の中で、三島由紀夫が「銀座の活気は大したもので、その理由の一つに、もし統計をとってみればたちどころにわかるほど、行人の平均年齢が若いということがあると思われる。こんなに若々しい男女で溢《あふ》れた町は、（もちろん時刻にもよるが）、世界中にないのではないか」と書いている。初出は一九六一年の「銀座百点」。そのころの銀座は、ずいぶんと若者の街だったのだ。それから五十年が経ち、当時の店が今も続いていたら、老舗の風格を醸し出していることだろう。銀座は、世界のハイブランドのビルが並ぶ街になってきてはいるけれど、昔ながらの個人店が独自のこだわりを大事にしつつ続けている、という印象もある。

私はかつてこんな短歌を作った。

夏の銀座の細長い鞄屋の奥からやや年老いて父が出てくる
夏の銀座の古い小さい名画座からやや年老いて伯母が出てくる

二〇〇一年に出版した歌集『青卵』に収めたものなのだが、父や伯母が通ったと思われるころの銀座のイメージを重ねている。父も伯母も、もうこの世にはいない。けれどもその魂は、今でも憧れの銀座という場所に、いつもそうしていたようにちょっとおしやれをしてあらわれ、束の間の現世の時間を楽しんでいるような気がするのだ。この街には、そんな深さがある。そして楽しんだぶんだけ、時間がきちんと進む。時間を無理に止めたりせず、過ぎていくしかない時間と変化を落ち着いて受け入れているように思う。

二〇〇五年の真夏、一週間ほど銀座に毎日通ったことがある。画材店の月光荘が運営しているギャラリーでの展覧会に参加したためである。クレヨン画家の赤刎《あかばね》千久子《ちくこ》（当時は泰子）さんの企画「東京音図　展覧効果」に誘われ、私の短歌作品を書家の広田栄美さんに書にしてもらって展示した。広田さんは前衛的なパフォーマーでもあり、書といっても、青や赤の絵の具を使って模造紙やトレーシングペーパーに書いた文字に、段ボールや発泡スチロールなどのオブジェを組み合わせるなどした、風変わりで自由な立体的な展示となった。

事前にトレーシングペーパーを渡され、青い絵の具で足形をとるように言われてそうしたら、小ぶりのマンホールの蓋の上に足形が貼られて展示された。つまり私は、短歌と足形で展覧会に参加したのである。ご一緒した赤刎さんや漫画家のいわきりなおとさん、ミュージシャンのトモフスキーさんらの素敵な絵画作品とともに、夏の銀座の空間を存分に楽しんだ。

銀座には、こんなふうに個人企画で自由に借りられる画廊がそこここにある。小学校の一教室くらいの広さの部屋が、一つの価値観で統一された小宇宙となって存在する場所。それが街の中につねに潜んでいるのだ。そのことを想うだけで、なんだかうれしい。

二〇一一年の六月、神田に仕事場を作った。近隣の店を調べようと地図をしげしげと眺めていて初めて気づいたのだが、神田と銀座は思いのほか近い。地下鉄だと四駅ぶん、歩いても一時間ほどでたどり着く。時間に余裕のあるときには、長い散歩として歩いて銀座へ向かう。

五月最初の日曜の午後に、銀座に出かけた。中央通りは歩行者天国になっていた。車のシャットアウトされた広い道路の真ん中には、海辺のカフェによく置いてあるような白いパラソルのついたテーブルとイスが設置してあり、壮年の白人カップルがくつろいでいた。そのそばを、ベビーカーを押した家族連れが青い風船を宙に浮かべて通り過ぎ、OLふうの女性三人がにぎやかに横切り、パグを三匹連れたおじさんがふらふらと歩き、黒いポロシャツを着た若者がｉＰｈｏｎｅにイヤホンを繋いで大股で行き、杖をついたおじいさんを引っ張るようにしておばあさんが先導していると思ったら、二人の修道女がグレーの修道服を風にたなびかせながらにこやかに道路を横切った。カトリック系の幼稚園に通っていたころ、あんな感じのシスターに、そそうしたときの下着をうやうやしく取り替えてもらったなあ、という苦くて酸っぱい記憶も蘇る。
銀座。なんと多様な街なのだろう。

（二〇一二年七月号）

銀座は習うより慣れよ

東山彰良

地方で暮らす者にとって、東京というところはつねに畏怖《いふ》の対象である。わたしは福岡に生活の拠点を置いているのだが、わが青春時代をふりかえってみても、渋谷、新宿、六本木など、たとえ一度も訪れたことがなくとも、まるで芸能人を話題にするのと同じ情熱で憧れを抱いてきた。やれ誰某《だれそれ》が原宿にファンシーなお店を出したとか、やれどこそこのクレープはうまいだとか、やれ渋谷には危険な若者がたくさんいるだとか、東京の街は間違いなくそのときどきの文化や流行を生み出す母胎だった。

銀座とて例外ではない。実際に足を踏み入れるはるか以前から、わたしは銀座のことを知っていた。銀座にはみゆき通りというのがあって、かつてはアイビールックに身を固めた「みゆき族」なる方々が軽やかに闊歩《かっぽ》していたとか、ただぼんやりと街をぶらぶらしているだけなのに「銀ぶら」などという特別な呼び方までできてしまったとか、いやいや、そうではない、「銀ぶら」の語源は銀座のとある喫茶店でブラジル珈琲《コーヒー》をいただくことに由来しているだとか、それこそニューヨークやパリにまつわる噂話のように耳に飛び込んできては、わたしたち田舎者をうっとりさせるのだった。

みゆき族にしろ銀ぶらにしろ、このような言葉がつくられること自体、銀座という街の魅力のなせる業だと思う。福岡で「〜族」といえばそれは暴走族以外のなにも意味しないし、どこかをあてもなくぶらぶらしている人がいれば、それはただの暇人である。街をぶらつくこと自体になにか意味があるのだと思わせる魅力が、銀座にはあるのだ。

わたしがはじめて銀座を訪れたのは、東京でサラリーマンをしていたころだったから、もうかれこれ二十五年以上も前のことになる。わたしは、二十一、二の小僧っ子で、ただただ銀座という街のたたずまいに圧倒されていた。高級なブランドショップなどは恐れ多くて見ることもできず（まあ、それはいまもあまり変わっていないのだが）、せいぜい銀座木村家であんぱんを食べるのが精いっぱいだった。正直なところ、自分とは縁がないところだな、という印象しか持たなかった。

それからサラリーマンを辞め、福岡へ戻って結婚し、子供ができ、そして作家の道を行くようになったわたしがつぎに銀座を訪れるのは、忘れもしない二〇〇九年一月のことである。その日、わたしの本がとある文学賞をいただくことが決定し、銀座のクラブで飲んでいた選考委員の方々に引き合わされたのだった。わたしは担当編集者と神田の小料理屋にいたのだが、受賞決定の一報とともに各方面から嵐のような祝福を受け、そのままわけもわからずに銀座へ連れて行かれたのである。わたしは四十一歳になっていた。

およそ二十年ぶりにわたしの目に映った銀座はまばゆく輝き、なにかを期待させるような夜の装いに包まれていた。街をゆく女たちはみな美しく着飾り、男たちはいかにも自信ありげで堂々としていた。はじめて入った華やかなクラブにわたしは縮みあがり、途方に暮れてしまったことをいまでもよく憶《おぼ》えている。夜の銀座はどこまでも深く、わたしなんぞが迂闊《うかつ》に足を踏み入れてはならないような気がした。

光陰矢のごとしとはよくいったもので、あれから八年、東京にも銀座にもずいぶん慣れた。文壇に祝いごとがあればたいてい銀座に流れ着くのだということを知ったし、祝いごとなんかなくても銀座を遊び場にしている作家たちはたくさんいる。上京すれば銀座で飲むことも、もはや珍しくはない。以前、とあるファッション誌の銀座特集に駆り出されたことがある。銀座のことなどろくすっぽ知りもしないわたしに、無謀にもオススメの店を紹介しろというのだ。しかもグラビア撮影つきである。困り果てたわたしは担当編集者に泣きつき、けっきょく数回訪れたことのある瀟洒《しょうしゃ》なバーに落ち着いた。そのときのインタビューで、わたしはある映画のフレーズを引用して「古くて新しけりゃ銀座だ」などと自分でもわかったようなわからないようなことを口走ってお茶を濁した。

しかし、わたしにとっては、たしかにそうなのだ。東京にはいろんな貌《かお》がある。どんどん新しいものに浸食されていく街もあれば、十年一日のごとく変わらない街もある。わたしにとって銀座という街は、古きよき時間が根底に流れている、目が覚めるほどの新しい街なのだ。

もちろん、慣れたというのは、詳しくなったという意味ではない。いろんな方がわたしに銀座について教えてくれるが、群盲象を撫《な》でるがごとしでいまひとつピンとこない。だから、わたしはいまだに銀座についてほとんどなにも知らない。なにも知らないということに慣れたのだ。だけど、それでいいのだと思う。ひとつの街を知りつくすことなど、おそらくだれにもできやしないし、教わってわかるようなものでもない。わたしたちに許されているのは、その街に慣れることだけだ。

それでは、街に慣れるにはどうしたらいいのだろうか？　わたしの考えでは、どこかに行きつけの場所をつくることである。銀座には文壇バーと呼ばれる老舗のバーが数軒あるが、もちろんわたしはそのすべてを知っているわけではない。行ったことのある文壇バーでさえ、いつもだれかに連れて行ってもらっている。これでは到底行きつけとは呼べないだろう。でも、そのような場所があるのとないのとでは、心持ちがぜんぜんちがう。自分にも居場所があると思うだけで、街はぐっと親しみやすくなるのだ。銀座は習うより慣れろ。畢竟《ひっきょう》、これである。

銀座で酒を飲むとき、わたしは酒の味だけでなく、銀座という街をも同時に味わっている。それがわたしをすこしだけ酔わせ、いい気分にさせる。わたしの目下の目標は、この街に自分ひとりで行けるバーを開拓することである。

銀座の銀は銀

藤野可織

京都に住んでいて、二十歳を過ぎるまで東京に行ったことがなかった。二十歳より少し前に、一人暮らしをしている友達のアパートへ遊びに行った。私と同じ京都の大学へ通うために、他府県からやってきた子だった。彼女は、私に最寄りの駅を教え、住所を教えた。伏見区銀座町。私はびっくりした。

「京都にも銀座ってとこあるんや。東京だけとちゃうんや」

「うん、ちゃうみたい」

私はそれまで銀座についてほとんど考えたことがなかったが、銀座と聞いて思い浮かぶのは、紺色の夜空を背景に黒いシルエットのビルが建ち並ぶ絵で、画面全体に銀色のラメが撒《ま》いてあり、それが星なのか窓々の灯りなのかはわからなくて、雪に見えないこともないのでクリスマスカードみたいだった。本当に、いつかどこかで見たクリスマスカードの記憶だったのかもしれない。たぶんそのカードと、「銀座」の語感や漢字の並び（「銀」はそれだけでもう星みたいだし、「座」だって「座る」よりは「星座」の座だ）が、私のなかでぴたっと嵌《は》まったのだろう。勝手に抱いていたそんなイメージが、「銀座」という言葉にちゃんとした意味があったことを知って、否定されたように感じた。銀座の銀は金属の銀で、同時にお金のことも指している。べつにいやな気はしなかった。それどころか、ぺらぺらのクリスマスカードみたいな街がどんどん分厚くなって、私のいる場所から実際に存在する銀座の位置まで届くような心持ちだった。私は若いころからどこかへ行きたいと思うほうではなかったが、そのうち銀座には行くだろうと思った。

そういった感慨も忘れたころに、そうなった。東京でどうしても観たい美術展があって、一人で行くことにした。

私は深夜の京都駅から夜行バスに乗り、朝の五時から六時に東京のどこかで降ろされた。まだ薄暗く、すごく寒くて、あたりはたくさんの店舗の入った大きなビルばかりだったが、どこも絶望的に閉まっていた。やっとのことで開いているファストフード店を見つけ、時間をつぶした。空から夜の雰囲気が消え去るのを窓辺の席で机に突っ伏して待ち、無数の人々が湧いて出るのを眺めた。

その日の夕方に、銀座へ行った。帰りの夜行バスまでまだ数時間あったので、寄ってみることにしたのだった。

私は銀座をあてもなく歩いた。いや、銀座を歩いてみれば、あてがまったくないわけでもなかった。京都には恵文社という書店があって、そこに月光荘のスケッチブックが売られていた。私は何種類もあるスケッチブックの中から小さくて紙の薄いのを選び、メモ帳として愛用していた。ユーモアカードという名前のついた、シンプルなイラスト入りのポストカードも好きだった。そこへ行ってみようと思った。

銀座はもうだいぶ暗くなってきていて、でも人通りは多かった。京都より歩道も車道も桁《けた》違いに広かった。京都の繁華街にはアーケードがあったりしてあまり上を見上げて歩くことはしないが、銀座では上ばかり見て歩いた。東京は、空も広かった。広大な薄い夕闇に、小さくて白い月が頼りなげにそっと浮いていた。やみくもに歩いたので、黒々とした人並みに押されて何度角を曲がってもマリアージュ・フレールに行き当たって、子どものころから繰り返し見ている軽い悪夢みたいだった。マリアージュ・フレールは、その当時は京都にもあった（最近また開店した。ただしティー・サロンはなくなってしまった)。私はマリアージュ・フレールの石の外壁に身を寄せて立ち止まり、一息ついた。

それから、あらためて元気を出して歩くと、月光荘はあっさり見つかった。狭くて、こまごまとした店だった。おそろしいくらい大きな空の下に、おそろしいくらいたくさんの建物があって、そのなかがまたおそろしいくらいたくさんに区切られていて、そのひとつがそこだった。私はユーモアカードと便せんを買った。それなりに時間をかけてゆっくり選んでいるあいだ、お店の人も無言でなにかの作業を続けていた。至近距離に知らない者どうしがいて、黙ってそれぞれのことをしているというのは、心地のいいものだった。

資生堂パーラーにも行った。花椿ビスケットの銀缶を買った。白缶のほうがかわいいような気がしたのだが、銀缶に期間限定の文字があったので、それならそちらを買わねばなるまいと銀缶を選んだ。その銀缶はフェルトを敷いてアクセサリーを入れたり、未整理の切手を入れたりして大切にしていて、引っ越しの際、中身をからっぽにしてダンボールに詰めて持って来たはずだが、見当たらない。まだ整理しきれていないダンボールがいくつかあるから、そのなかに入っているんじゃないかと思う。

帰りの夜行バスに乗るころには、私はくたびれ果てていた。私は、銀座に来る以前の、クリスマスカードみたいな銀座のイメージを思い出しながら眠った。本物の銀座は、案外その出自のよくわからないイメージに近かったように思った。暗くなってから歩いたからかもしれない。

それから何年か経つと、私は学生でなくなって勤めに出ており、その合間に小説を書いて文學界新人賞をもらった。二〇〇六年のことだ。かんたんな授賞式をやるからということで、東京に呼ばれた。授賞式も夕食会も終わって、夜中にホテルに帰る。ホテルの部屋で一人になるなり、ベッドに腹這いになって正賞の包みを開いた。中身は銀の懐中時計だと知っていた。包装紙には、和光と書いてあった。和光と言えば銀座だ。頭に浮かんだ銀座の文字は、たちまち形を失ってただ銀色になって、頭を銀色でいっぱいにして取り出した懐中時計は、予想したよりも小さくて重く、予想したよりもずっとちゃんとした銀色だった。

その懐中時計は、二〇〇九年くらいに電池が切れて止まった。私はおよそ一年、放置した。書き物机の上に投げ出したままにしていて、ときどき蓋を開けて動いていない針を見て過ごした。あるとき思い直して時計屋さんで電池を入れ直してもらい、今は動いている。毎日目にしているのに、見るたびに予想したよりちゃんとした銀色やな、と思う。

銀座は遠いところだった

保坂和志

私は鎌倉に住んでいたので子どものころは銀座はものすごく遠いところだった。というか、「遠いところ」と感じるほどの関心もなかった。親が東京や横浜に行くと言っても（横浜も子どもの私には遠いところだった）、近所で友達と遊んでいるほうを選ぶような子どもだったから、親に連れられて銀座に行ったという記憶もない。

それがどうしたわけか突然、しょっちゅう銀座に行くようになった。中学三年だったか高校一年だったか。日曜日のたびに銀座に行くのだ。目的はただ歩行者天国を歩くこと。それもひとりで。中三なら一九七一年、高一なら七二年ということになるが、当時は歩行者天国というもの自体が珍しかった。調べてみると東京都内で歩行者天国がはじめて実施されたのは七〇年八月二日となっている。車道が歩行者天国に変わる時刻は午後一時だったか、その前の十二時だったか、その時刻に居合わせると、警官が何人も出てきて、「ただいまから歩行者天国が始まります。」

　と拡声器で知らせる。

「ただいまから天国がはじまります。」こんな非現実な日本語があるだろうか！　私はただそれだけに感動していたのかもしれない。

　お金は持っていないから、ただ歩くしかない。デパートで売られているものに関心があったわけでもないのでデパートにも入らない。いまのようにどこにでも自動販売機があるような時代ではなかったので、缶入りの清涼飲料すら飲まなかったのではないかと思う。ほかの歩いている人たちと一緒に（べつに「一緒」に行動していたわけではないが）ただぶらぶら歩く。

　しかしマクドナルドには入った。いや、寄った。これも調べてみたら、マクドナルドの一号店が銀座にできたのは七一年七月二十日で、私の銀座・歩行者天国通いは、ちょうどそのタイミングか一年後ということになる。マクドナルドの一号店は道に面したカウンターだけで、「店内」の席というのはなかったと思う。だから、「入った」のではなくて「寄った」。

いちばんシンプルなハンバーガーが八〇円だった。お金に余裕があればそれにコーラをつける。そして道で立って食べる。マクドナルド一号店の映像は、七〇年代の新しい自由の象徴のようにして流されるけれど、ひとりで食べていた子どもとしてはマクドナルドに「自由」は感じていなかった。どこか貧乏くさい気がしないではなかったが、ハンバーガーを食べられるのは、やっぱり銀座のそこしかなかったから、ちょっとおしゃれな気がしていたことは否定できない。ハンバーガーのソースとピクルスの兼ね合いをうまいと感じてもいた。

帰りは通学定期があったから、有楽町から初乗りキップ（確か三〇円）だけ買ってキセルで帰る。「通った」とはいうものの、四、五回ぐらいだったかもしれない。なにしろぶらぶらただ歩くだけなんだから、きっとすぐに飽きただろうと思う。それからは大学生になるまで銀座にはほとんど行かなかった。

大学生になると並木座という名画座にしょっちゅう行った。あそこで観た映画でいちばん憶えているのは鈴木清順の『けんかえれじい』だ。主演の高橋英樹が「男には行かなければならないときがある」と言った瞬間に、

「よっし！」

と、客席にいたおじさんが声を上げたのが今でも忘れられない。自分もああいう大人

になりたいと思ったが、あいにくなれていない。そういうわけで、銀座といっても買い物とはぜんぜん縁がなかったのだが、大学の五年目だったか、
「小説家になるんだったらコクヨなんか使ってちゃダメよ、伊東屋に行ってちゃんとした原稿用紙を買わなくちゃ。」
と、女友達にそそのかされて行ってみたら感動した。マス目の線の色だけで、グレーあり、青あり、赤あり、黄色あり。マス目自体も大きくゆったりしていて、「太い万年筆で書け」と原稿用紙が訴えている。物書きといえども形から入る部分というのは否定できないわけで、私は伊東屋のおかげでずいぶんやる気を後押しされた（結局、そのときにはちゃんとした小説を書くに至らなかったけれど）。

その後、新宿紀伊國屋とか東急ハンズでもプロ仕様の原稿用紙があることを知ったけれど、今ではまた伊東屋にしかない。その伊東屋でも常時置いてある原稿用紙はずいぶん少なくなってしまった。これもまたひとつ、危機に立つ日本文化。

最近の銀座体験といったら金春湯《こんぱるゆ》だ。友達と竹葉亭にうなぎを食べに行ったのだが時間が早すぎたので金春湯に入ることにした、三月の冷たい雨が降っていた夕方の五時ごろだったか。私は銭湯に入ること自体ひさしぶりだったが、さすが銀座。仕事前の料理人といった風情の人がいっぱい入っている。こっちだって五十歳間近なんだけど、銭湯

で裸になると貫禄が違う。

みんないかにも褌《ふんどし》締めて和服が似合うような寸胴《ずんどう》の体型をしている。やっぱり日本人は大人になったら腰なんかくびれてたりしてはいけない。桶からザッと湯をかける仕草も様になっている。湯船なんか熱くて入れたもんじゃない。息を止めて一瞬胸まで沈むがすぐに上がってしまいごまかすしかない。しかし彼らはしっかり肩まで湯につかっている。女湯はどうなっているのだろうか。やっぱり料亭の女将さんとか仲居さんとかが水際立った所作で湯を浴びたり、体を洗ったりしているのだろうか。

結局、私と友達は番台で二〇円で買ったぺらぺらのタオルで適当に体を洗っただけで、あとは湯船の縁で時間をつぶして、温まったような温まらないような中途半端な気分で風呂から上がったのだが、脱衣場で驚いた。

さっき私が「これぞ日本人の寸胴体型」「褌締めて和服着て」と思った人たちが、みんなネクタイを締めてスーツを着るではないか。彼らは料理人でなく、風呂好きのビジネスマンだったのだ。欧米人が和服を着ていると「本質的に似合わない」と思うものだが、欧米人から見たら日本人のスーツ姿も「そんなもんなんだろうな」と痛感した、冷たい雨が降る銀座の金春湯だった。


（二〇〇六年八月号）

銀座の思い出

堀　威夫

横浜生まれで横浜育ちの私には、東京って、かなり遠いところだった。尋常小学校に入り国民学校を卒業、旧制中学に入り新制中学の第一期卒業生。その間、集団疎開、軍事教練に学徒動員と体験する。まさに、戦中戦後の荒波に翻弄《ほんろう》された青春前期といえる。

敵性語の英語はすべてNG。野球少年だった私は、中学に入ると同時に野球部に入った。ところが驚くことに、ストライクは「よし」、ボールは「だめ」だった。笑い話にもならないが、布製のグローブの真ん中、ボールがあたる所だけに丸く革が縫い付けられている代物を持って、練習に励んだものだ。「欲しがりません、勝つまでは」の中で、懸命に生きた毎日だった。

それが、ものの半年も経つと敗戦。今度は英語がいちばんと、一八〇度の転回に面食らった。しかし、あっという間に進駐軍文化に毒されたのも、われわれ世代だった。

そのころ流行った『湯の町エレジー』に魅せられ買ったギターが縁で、アメリカ兵の聴く音楽にはまるのに、さして時間はかからなかった。ＷＶＴＲ（ＦＥＮ）放送に、意味もわからずかじりついた。

昭和二十六年、大学入学と軌を一にして、父親の転勤も重なり、東京に移り住むことになる。銀座デビューはそのころになる。あちこちに空襲の爪あとが残っていたが、田舎者にはまぶしく映る街並みだった。

今、想像すらできないが、松坂屋の地下はダンスホールだった。ちょっぴり大人の仲間入りをはたした大学生、学ラン姿でよく通った。「スイス」のカレー、「キャンドル」のチキンバスケット、「維新號《いしんごう》」の肉まん、そのおいしさに目を丸くしたのも懐かしい。やがて、復興の槌音《つちおと》の高まりとともに、「チョコレートショップ」、「テネシー」、「美松」等々、街の様子もさらに華やかさを増していった。

見よう見まねで弾いていたギターが縁で、ワゴン・マスターズに入団することになった。昭和二十六年暮れのこと、翌年コロムビアから出したレコード、『ワゴン・マスター』がヒットする幸運に恵まれた。

学生の身でありながら、月四万円からの収入があった。銀座の「クラブ・シロー」、「日動シロー」等々、綺麗なドレスで着飾ったお姉さんに、一流ジャズバンドがついて、一人千円。よく通ったが、成金坊やたちのわれわれはさっぱりもてない。しょっぱい思いも懐かしい。悪銭身につかずという話です。

昭和三十五年、長男誕生を機に裏方に転じ、ホリプロを設立した。銀座七丁目の福島通人ビルに事務所を構えた。福島さんは美空ひばりを世に出した大先輩。その縁と好意がきっかけとなった。

隣の地下にスタンドバーがあった。後に作家として名をなした山口洋子さんのママデビューの店だ。飲みに行っては酒の勢いも手伝い、どっちが先に日本一に、なんて与太をとばしたものだ。いっぱしの社長業と接待のクラブ通いで、夜の部デビューということになる。「眉」、「らどんな」、「エスポワール」、「姫」等々、よく財布も体ももったものだ。わが業界は夜型人間が多いが、健康のためには昼型に変えねばと、あるとき決意した。

そして還暦を迎えるにあたり、もろもろ考えた。この仕来《しきた》りは、たぶん、人生五十年の時代のものだろう。人生八十年といわれる現在、残り二十年をどう生きるか。悩み考えた末、「違う自分になる」のコンセプトをたてた。人生二毛作と名づけ実践することにした。

まず、自分から欺《あざむ》くため、身の周りをすべて変えることにした。家、車、ゴルフのスイング、さらにはニッカボッカをつくり、照れずにウエアも変えてみた。家は会社から二キロのところに引っ越し、爾来《じらい》雨の日も風の日も、徒歩通勤を続けている。特に辛いのは真夏のシーズンだ。背広は手に持ち歩くのだが、会社についても、小一時間は汗が引かない。

極めつきは、「きょうから怒らない」を宣言したことだ。それまでの人生は常在戦場の感覚から、怒り狂いの連日だった。ゴルフで言えばアゲインストに立ち向かうことを潔しし、フォローウインドのときでも自分で向かい風をつくってまでという感じだった。それが、天地自然の理に従い生きようというわけだ。

理屈のうえでは快適に違いないのだが、なにしろ六十年逆風で生きてきた身として、半年くらいは怒れないストレスは苦しいものだった。しかし、時が経つにつれ、心地よく変化し現在に至っている。

歩くことが健康にいいのは認めるところだが、思いがけないメリットにも気づいた。頰に感じる四季折々の風の変化だ。暑い夏が過ぎはじめるころ、陽ざしは依然として強くても、微妙に秋風を肌に感じる。冬が過ぎ、春が近づくとやわらかい風と、ほのかな花の匂い等々、車通勤では味わえない変化が五感を刺激してくれる。動物の本来持っているはずの感覚が、外気との接触が減ることによって退化することを教えてくれたのかもしれない。五感が磨かれれば六感も働くなどと吹いている。

そして二〇一二年の十月十五日、人生二毛作でたてた仮の期限、満八十歳に到達した。さすがに夜の銀座は卒業となる。マガジンハウスの木滑良久さん、東映の岡田裕介さん、田辺エージェンシーの田邊昭知さんの肝煎《きもい》りで傘寿《さんじゅ》を祝うゴルフコンペが業界の人たちを招いて行われた。ほかに能がないことも本当だが、好きなことで六十余年飯を食ってこられたことはラッキーとしか言いようがない。

ともあれ、業界に育てられたことに感謝の気持ちでいっぱいだ。水商売と言われる芸能プロダクションだが平成元年になんとか株式公開にこぎつけ、二〇一二年五月ＭＢＯにより非公開会社になった。はじめと締めを元気な体のうちに行えたこと、丈夫に生んでくれた両親にも感謝感謝だ。

さて、二毛作が終わり、三毛作目に突入した。残りの人生、何年になるかわからないが、チャレンジするに不足はない。

私の好きなサムエル・ウルマンの青春の詩がある。この詩は私にとって、ポパイのホーレン草の役割を果たしてくれた。壁にぶつかったとき、この詩にどれだけ勇気づけられたことか。特に好きなくだり、「理想を捨てた時に、老いが始まる」を胸に、元気な中で人生をまっとうしたいと願っている。

最後に、またまた大それた理想を設定した。エージシュートの達成。小野道風の蛙かもしれないが、跳び続けよう!

銀座での個展

牧野伊三夫

銀座でのはじめての個展は、一九八九年、二十四歳のときに数寄屋橋の交番で行った。観客はわずか二名だった。

その頃、僕は隣町の丸の内で広告制作会社に勤めデザインの仕事をしていたのだが、美術大学での卒業制作作品がある賞を受賞したばかりで、自分の絵の才能についてもっと世間の評価を知りたいと思っていた。時間があれば銀座へ行って画廊を見てまわっていたのだが、あるとき、個展をやろうと思い立ち、自信作だけを厳選して画廊にもちこんだ。

行った先は、京橋近くにあったホワイト・アート・ギャラリーという画廊で、ここは僕が学生時代に銀座の画廊巡りをしている頃から一番好きな憧れの画廊だった。古いビルのなかにあって、二人しか乗れない小さなエレベーターで昇ってたどり着く感じもよかった。今は、もうない。

ここでは気になる現代美術の作品展をやっていた。たとえばイギリスの美術家のロジャー・アックリングが、海岸で拾い集めた流木に虫眼鏡で太陽の光を集め、焦《こ》がした黒い点を並べただけの作品などを展示していた。僕は絵の具で紙やカンバスに絵を描いて表現するのではない、いわゆるこうした現代美術と呼ばれる新しい美術の表現に惹かれていた。銀座の画廊では世間に知られていない新しい表現を追求する作家の才能と出合うことがよくあって、僕もその仲間に入りたいと意気込んでいた。

ところが、持って行った作品のすべてをこの画廊のオーナーから酷評されてしまった。単なる商業美術的傾向の作品でしかなく現代美術としての価値はなし。この画廊での作品展示はお断りする、という厳しいながらも的を射た評価を下された。つまりは、全否定。若かったこともあり、かなりこたえて自分をどうたて直したらよいかわからなくなった。それで、バーへ行き、止まり木に腰掛け、

「よし、おまえは今から、バーボンを十杯のめ」

と自分に命じた。グラスに注ぐたび、すぐさま放りこむようにして飲み干しては、お

かわりをするのでバーテンダーは目をまるくしていた。これまでの自分を殺して再生するための儀式のつもりであった。

外へ出て、日暮れた通りを駅まで歩いていると、ネオンがぐるぐるして見え、銀座の街はよそよそしかった。そんなとき、小さな建物の窓から明かりが漏れているのが目に入った。そこは、数寄屋橋の交番だったのだが、僕には自分を受け入れてくれる聖域のように思えて、用もないのに近寄っていった。そして、画廊で葬《ほうむ》られた作品たちを勤務中のお巡りさんに見てもらいたくなった。誰でもよかったのだ。お巡りさんになんと言って声をかけたか忘れてしまったが、いつの間にか、カバンから次々と作品をとりだして交番の壁に並べ、お巡りさん二人を相手にくどくどと自作の解説を繰り返していた。おそらく大きな声で話したに違いないが、なにを話したか記憶にない。途中で道をたずねに来た通行人がいたような気もする。二人は終始、笑顔でやさしく、ただ、そうだそうだと頷いたり、励ましの言葉をかけてくれたりした。僕は、いつの間にか冷たい机の上に伏して泣いていた。

交番を出てからは、日比谷の映画館のそばの公園へ行き、作品を抱きかかえてしばらく寝ていた。酔いがさめず、とても電車になど乗れそうもなく、タクシーを呼んで途中で何度も止まってもらい嘔吐しながら帰宅した。翌朝目覚めると、白いシャツは泥まみれだったのだが、思い返せばこれが僕の銀座でのはじめての個展である。

二度目の個展は、それから約十年後の三十三歳のとき、当時、泰明小学校近くにあった月光荘画材店の画廊として貸しだされていた四畳半ほどの部屋で行った。勤めていた会社を辞め、画家になろうと決意をして一から絵の勉強をやり直していたときだった。

以前の酷評がよほど身にこたえていたのだろう、作品搬入を一週間後に控えてひどい胃痛におそわれ、病院で急性胃腸炎と診断された。医者が胃に悪いから悩んではいけないと忠告するので、展示をするのに十分な絵ができていなかったが、搬入までの一週間は、アトリエで悩まないように気をつけながら描かねばならなかった。人体実験でもするような気持ちで、何色でもかまわない、どんな形を描こうとかまわない、どこで筆を置いてもかまわない、と自分の意志を捨てて、なりゆきにまかせて筆を動かして描いたのだが、個展がはじまると、こうした絵を面白いと言う人がいた。自分で描いたような気がしなくて、複雑な気持ちであったが、それは、絵というものは本来このように無心で描くべきではないのか、という発見でもあった。銀座の街が、くよくよ悩む僕にそう教えてくれたのかもしれない。

銀座で個展を行うといえば、画家は画廊へやってきたお客を連れて、どこかなじみのバーへ行って「お話」などするものだろう。少々俗っぽい画家のすることかもしれないが、そんな振る舞いは、なんとなく銀座での個展らしくていいなと思っていた。しかし、そのためのふさわしい店も知らず、勘定も見当がつかなかった。それで月光荘の日比社長になじみのスナックを紹介していただいた。その日の在廊を終え、来ていた友人たちを誘って、いただいた地図に従って裏通りを歩いていくと、そのスナックは小さなビルの上階にあった。ちょっと怪し気なランプが灯った入口に重厚な扉がついていて、それまで足をふみいれたことのない大人っぽい雰囲気に僕はとまどった。その扉を開け、なかのソファに座ると、ひとまわり以上年上のママから、ことあるごとに「先生」と呼ばれるので驚いた。

「先生、ウィスキーはどうやって召し上がりますか」

「先生の絵は油絵ですか」

同席していた友人たちはその都度、僕の顔を見て「お前が先生だって?」といわんばかりにふきだすのだった。

月光荘では、その後も何度か個展をした。最近になって、この画材店が主催する絵画教室の講師もやるようになり、月に一度銀座へ通っている。この頃は、いくつか酒場もおぼえたから、授業を終えて生徒たちと一杯やるのを楽しみにしている。生徒たちは知らないが、僕は、いまも数寄屋橋の交番のそばを通ると、銀座でのはじめての個展のことを思い出して身を縮め、交番を正視できずにいる。

銀座雑感

松尾スズキ

銀座。なかなかに敷居の高い街であり、さほど行かないので、「あれがウマイ」とか、「あれはマズイ」とか、そんな話はそうそうないし、「あれがウマイ」とか、「あれはマズイ」とかいう文章はそれ相応にじょうずな人がいるものでそういう人が書けばよろしい。

数少ない銀座の思い出の中でも、歌舞伎座で見た『野田版 研辰《とぎたつ》の討たれ』は心に残っている。

二〇〇一年、夏。まだ、勘三郎さんが勘九郎さんだった時代の話で、東国原元知事がまだそのまんま東だったころの話だ。

銀座のど真ん中に位置する歌舞伎座という由緒正しき小屋に限界以上の照明を持ちこみ、できうる限りの実験をやった野田秀樹さんの演出は今思い返しても画期的であり、挑発的だった。俺は二〇〇〇年の秋に『農業少女』という芝居で野田さんに演出してもらった。東京で唯一俺のことを「松尾、松尾！」と呼び捨てにする野田さんだったが、それもまたよしというか、江戸時代から継承されてきた歌舞伎という伝統芸に敬意を払いながらも、これほどまでに堂々と新風を吹き込んだ野田さんにならむしろ呼び捨てにされたく、「松尾！　電話だぞ！　松尾！」とできれば野田版着ボイスがほしい。とまで思った俺なのだった。うるさいだろうけど。

にしても、歌舞伎の聖地で見る中村屋は、やはり際立っていた。嫉妬などとんでもない、憧れすらいだかない。同じ俳優じゃない。違う生き物だ。福助さんの女形も切れ味鋭く、息子の勘太郎、七之助も当時から感心するくらいに筋がいい。いつも以上にやりたい放題やらかしてる勘三郎さんの自在さは堂々圧巻。芝居が終わりカーテンコールの拍手が鳴り止まないなか、勘三郎さんが客席の俺を見つけて、小さく手を振ってくれた。北九州の片隅で小さいころから変わり者扱いされ、いじけて細かく小さく猫背丸出しで伏し目がちに育ってきた俺に、天下の変わり者が「一人じゃねえよ」とシンパシーを送ってくれたような気がして。あれはうれしかったなぁ。

観劇後、野田さんと勘三郎さんに誘われて、歌舞伎座近くのドイツっぽい飲み屋に行った。

三津五郎、染五郎、扇雀、勘三郎という歌舞伎ファンだったら写メを撮る前に卒倒してしまいそうなゴージャスな面々に囲まれ、乾杯乾杯また乾杯。「あと二回乾杯したら肩が亜脱臼します」って俺の中で警報がなるほど、楽しい乾杯地獄はしばらく続いた。乾杯が落ち着いたと思ったら、今度は男ばかり数十人、大ジョッキ片手に肩を組んで、「空が青い」とか「ソーセージがうまい」とか「環境を大切に」とか、よくわからないがたぶんそんな内容のドイツ民謡を延々三十分も大合唱することに。

その後、さらに飲んでいると、たぶん歌舞伎関係者で石原良純と野口健を足して八掛けにしたぐらいに濃ゆい顔をした人が一緒に飲んでいた勝村政信を気に入り、勝村の股間をぎゅーって握りながらガンガン飲んでいて。それは今思い返してもやっぱりその筋の人に違いないんだけど、俺は勝村の横で壁側に座って飲んでいて、彼が勝村の股間をぎゅーってするたびに、勝村が俺のほうにひゃぁーっと身を寄せるもんだから、結局俺が壁にぎゅーって押しつけられるというシステムになっていて。股間を握られるのも嫌だが、股間を握られていないのに壁にぎゅーってされるのもけっこう痛い経験だった。

その女形の人とは天気の話か登山の話か、たぶんそんな話をしてたと思うんだけど、詳しいことはあまりよく憶えていない。「痔にもいろいろあるのよー」とか、ちょっと気になるセリフを言っていたような気もするが、やっぱりよく憶えていない。

そういや、もっと昔の思い出もあった。それはまだ俺がコラムとか書き始めたばかりのころの話で、マガジンハウスという出版社の『Ｈａｎａｋｏ』という雑誌で初めてコラムの連載をやることになった。黒瀬さんという新人記者による冒険的抜擢《ばってき》だ。マガジンハウスは銀座にあって、そんな銀座の出版社を足がかりに、今の俺のコラム人生が始まったんだと思うと、けっこう感慨深いものがあったり。「デビューが銀座」というのも、そこはかとなくセレブな香りさえ漂ってくるような気がしないでもない。多分、気のせいだ。

当時はまだワープロでもパソコンでもなく、原稿用紙に直筆で書いていて。狭く汚くバルサンの煙にまみれた下北沢のアパートで原稿を書き、広く綺麗でラ・フランスのような香りがしそうな銀座の編集部にファックスで送る日々。まだ三十代前半で連載も一本だったし、書いては直し書いては直し、けっこう頑張っていた日々だったように思う。銀座というきらびやかで眩《まばゆ》い街で俺の原稿は入稿され、それが『大人失格』という自著の中でもダントツの売れ行きを誇る作品に仕上がったということは、意外と銀座とはウマがあうのかもしれないしそうでもないのかもしれない。

ちなみに、銀座にあるマガジンハウスに勤めている人のギャラは比較的高く、銀座までタクシーでワンメーター圏内だという『テレビブロス』編集部や『SPA!』編集部は年収三百万円世代の人たちを読者ターゲットにしながらも、年々編集者のギャラが年収三百万円に近づいている、という噂話を聞いたことがある。都市伝説かもしれない。でも、銀座という一等地にそびえ立つ会社なら、確かにギャラは高そうだ。たった数キロの違いでできた格差社会というものを、涙目で酔っ払いながら語る『SPA!』編集者の声に耳を傾けていると、「やはり銀座は格が違うんだなぁ」と改めて痛感してしまうのだった。

笑うコルク、微笑む人

道尾秀介

編集者との打ち合わせを終えたあと、並木通りをふらふら歩き、適当なところで角を折れたところ、小ぢんまりとしたバーを見つけた。入ってみると、メニューに知らない名前の料理が載っている。値段からして軽いおつまみのようだったので、ウイスキーと一緒に注文してみた。

およそ一分後、アンチョビとパプリカとピクルスをなんかしたやつが、ひと茎のイタリアンパセリで飾られて出てきた。酸《す》っぱくてしょっぱくて甘みもあって、ああこれはスパークリングワインにとても合いそうだなあということで、ウイスキーを早々に飲み干してそちらに切り替えることにした。

「スパークリングワインはグラスでも頼めます？」

「もちろんですニ」

「辛口のキリッとしたやつあります？」

「ございますニ」

「一杯もらっていいすか？」

「少々お待ちをニ」

句点のように頰を持ち上げて微笑む白髪まじりのマスターは、カウンターの向こう側で屈み込み、冷蔵庫を探りはじめた。しかしばらくすると手ぶらで立ち上がり、そうかナントカさんがナニしたから……なんて言いながら、店の奥へと消えていった。どうやらスパークリングワインのボトルが、ちょうど空いてしまったところらしい。やがて出てきたマスターは真新しい一本を手にしていた。

「あ、すみません開けさせちゃって」

「いえいえとニでもないです」

微笑みのタイミングを少し早め、言葉の後半をとてもにこやかに言うと、マスターはボトルの頭に巻かれたホイルを手早く剝き、針金をほどいてコルクを抜いた。

抜かれたコルクは、ニ、と笑っていた。

本当にそう見えた。コルクの側面に、あれはメーカーのマークか何かなのか、深皿の断面のような、上弦《じょうげん》の月のようなものが印刷されていて、そのせいでコルクが笑っているように見えたのだ。

「そのコルク、いただいていいですか?」

「え、これですか?」

「できれば針金も」

「ええ……構いませんが」

じつは半年ほど前から、スパークリングワインのコルクを使って人形をつくることに凝っている。言葉で説明するのはなかなか難しいのだけれど、つぼみ松茸のような姿をしたコルクは、頭と胴体。それを瓶に固定している針金は、手足として利用する。出来上がった人形に、布でつくったコック帽を被らせたり、サロンエプロンを着せたりして飾ると、とても可愛らしく、ちょっと時間ができるたび仕事部屋に一体ずつ増やしている。

さて、笑っているコルク。

これほど人形づくりに適したコルクはない。僕はマスターにもらったものを、喜び勇《いさ》んで仕事場に持ち帰り、翌日、さっそく人形をつくってみた。

そして首をひねった。

たしかにコルク人形は笑っていた。それなのに、どの人形よりも無表情に見えたのだ。ほかの人形たちはすべて顔を持たず、完全なのっぺらぼうだというのに。

のっぺらぼうのほうが表情豊かであるというこの不思議は、要するに人間の想像力のせいで、顔がまったく描かれていなければ、人はそこに自分好みの表情を思い浮かべる。その表情は見る人の気分や、視点の位置、部屋の照明などで変わってくる。微笑んだり、すねたり、不機嫌になってみたり。ところがそこに「笑っている口」が描かれていることで、想像の余地が掻き消え、結果としてどの人形よりも無表情になってしまったのだ。

夜目遠目笠の内——女性が美人に見える三大シチュエーションだというけれど、あれも同じことで、顔が曖昧だからこそ、見る人は自分好みの目鼻を勝手に想像し、そこに美人が誕生するのだろう。

思い出の中のだれかの笑顔が、とても素敵なのも、同じ理由からかもしれない。時間経過によって表情の記憶が薄れていき、気づかないうちに、それを想像が補うようになる。だから思い出すたび笑顔は素敵になっていく。それが異性であっても同性であっても。

僕は小説を書くことを仕事にしている。小説は、紙の上にただ文字が並んでいるという、それだけのものだ。文字たちはさまざまなことを説明し、人の仕草を描写し、音や声を発するけれど、実は描かれていないことのほうが圧倒的に多い。文字で直接表現したり説明したりできる事柄なんて、ごく僅かなものでしかない。

だからこそ小説は、無限の裾野《すその》を持つのだろう。読む人の心に世界の大部分をゆだねることによって、その輪郭はどこまでも広がっていく。そして、これほど発達した科学技術が唯一つくることのできない「命」をもつくり出すことができる。少なくとも僕はそう信じている。そうでなければ、こんなに面倒なことを仕事にしていない。

常々その信念を胸に小説を書いているつもりなのだけど、スケジュールに追われてぜいはあ言っているうちに、ときおり忘れてしまいそうになる。そんなとき、たとえばあの「笑ったコルク」のように、初心を思い出させてくれるものが現れてくれるのは、本当にありがたいことだ。

と、そんなことをマスターに話し、ひとこととお礼を言いたくて、後日銀座に出てあの店を探してみたのだけど、どうしても見つからなかった。お礼を伝えられないのは残念だが、あのマスターの笑顔は、これから僕の記憶の中で、どんどん素敵になっていきそうな気がする。あのナントカという小皿料理も、思い出すたびに美味しくなっていくんじゃないだろうか。

銀座か、あるいは東京か

森 絵都

　私はかつて『銀座か、あるいは新宿か』というタイトルの短編小説を書いたことがある。千葉の高校を卒業した元クラスメイトの女五人が、年に一度の飲み会を三十代まで続けている。集いの場は銀座の店が恒例だったが、あるとき、一人が「新宿のほうが交通費が安くあがるのではないか」と野暮《やぼ》なことをいいだして物議を醸《かも》し、「銀座か、あるいは新宿か」論争が勃発する。お察しのとおり、基本的にばかばかしいストーリーなのだが、これは私の実体験がベースになっている。

　生まれは東京ながらも、物心がついたころにはすでに千葉にいた私は、高校まで千葉県内の公立学校に通っていた。当然、同級生はみな千葉県民。ときには気張って原宿へくりだしたりはしても、通常、仲間内で遊ぶのは船橋や津田沼がせいぜいだった。が、高校を出て十余年も経つと、引っ越しやら結婚やらで皆の生活拠点がバラけてくる。普段は別々の日常を送る友人たちが、毎年の暮れに一度だけ集って酒を飲み交わす。その「集合の地」として私たちが選んだのが銀座だった。

おそらく、一年の終わりくらい誰もが華やかな気分に浸りたかったのだ。千葉っ子だった私たちにとって、銀座はそういう場所だ。スマートで垢《あか》抜けた都会の象徴――それも、大人の都会である。年の暮れともなれば街角にきらびやかなイルミネーションも灯《とも》る。その点滅をながめながら街をそぞろ歩くだけで、少しだけ背筋がぴんとするような、日常の垢がはがれおちていくような、そんな高揚感が皆を魅了していたのだろう。

有名百貨店や老舗の名店が多いという現実的な利点もあった。飲み会に先がけて少々早めに到着し、ショッピングを楽しむ。待ち合わせの際、皆の手にある紙袋の中身は神戸屋キッチンの食パンであったり、銀座木村家のあんぱんであったり、銀座三越の地下でしか手に入らない食材であったりした。

余談ながら、銀座にいて少し時間に余裕があるときには、私は松屋銀座の七階へ立ち寄る。そこにある雑貨屋やギャラリーの個性的な品揃えが好きで、興味津々《しんしん》に見入っているだけで、あっという間に時は流れていく。デザイン性に富んだ雑貨の中には、スタイリッシュであるが故に機能性を犠牲にしたもの、見るからに使いづらそうなものも多く、見ようによってはずいぶんと無駄なものを売っている。そうした「無駄を厭《いと》わずに美しさを追求したものたち」と相対するだけで、なにやら芸術の本質に触れる思いがしてくるのだ。考えてみればティファニーのダイヤモンドも、ミキモトの真珠も、生活に必須かどうかといえば明らかに否で、けれど、それによってしか得られないときめきがあればこそ、私たちは自らの指や胸元を飾り続ける。

もとい、友人たちとの年に一度の飲み会の話を続けると、私たちは単にお酒を飲むための場ではなく、サムシングエルスの娯楽を求めて銀座に集っていたのだと思う。

少々勝手が違ってきたのは、三十代の半ばをすぎたころだろうか。華よりも実を取る年代に入ったということか、なんと、それまで当然のように銀座へ足を運んでいた面子《メンツ》の中から、「別の場所でもいいではないか」との異論が飛びだしたのだ。小説のなかでは新宿としたが、実際、そこで挙がった新候補地は東京だった。

山手線で有楽町と隣り合う東京。たしかに、今も千葉に暮らす友人たちにとっては、京葉線を使えば一本でこられる東京のほうがアクセスがいい。そのぶん交通費も削れるといわれればそのとおりだ。が、おそらく、その「便利」「安い」という観点自体が、銀座派のセンスに合わなかったのだろう。当時の東京にはＫＩＴＴＥやら新丸ビルやらのおしゃれなエリアもなかったせいか、ここで猛烈な反発が起こった。

「東京駅の近くには気のきいた店がない」

「東京には買い物を楽しめる場所もない」

「そもそも、これまで銀座でうまくいっていたのに、なぜ変える必要があるのか」

重ねていうが、当時の東京駅近辺はまだ今のように開発が進んでおらず、私たちにとって東京は乗り換えのために存在する大きな駅にすぎなかった。微々たる「便利さ」や「安さ」に目をくらまされ、銀座で得られるサムシングエルスを捨て、東京に身を落とすなどもってのほか、との意見も強く、銀座・東京論争は思いのほかに長引いた。飲み会のあいだじゅう、延々攻防を続けていたといっても過言ではない。その上、次第にみなが白熱し、言葉がきつくなったり声が大きくなったりと、喧嘩《けんか》腰の様相を呈してきた。

結末も最悪だった。東京派の一人がキレてわめきちらし、どっちでもいい派の一人が「年に一度の会なのに、こんなことでいがみあうなんて悲しい」と落涙。なんたる異常事態か。「飲み会の場所くらいで怒鳴ったり泣いたりするなんてリアリティがない」といわれそうなので、小説では別の展開にしたのだが、まさしく現実は小説よりも奇なり、なのだった。

結局、その年はおかしな空気のまま散会となり、その後も飲み会は変わらず銀座で行われ、最後にキレた一人は翌年から顔を出さなくなった。

今から思えば、私たちは銀座でも東京でもなく、べつのなにかに苛立っていたのかもしれない。高校のころは皆が同じように恋をしたり、クラスの人間関係に悩んだり、親とぶつかったりと、似たり寄ったりの毎日を送っていたはずが、年を経るごとに生活環境がおのおの変化し、同じことで泣いたり笑ったりできなくなっていく。結婚している、していない。子どもがいる、いない。仕事をしている、していない。立場を違える者同士がわかりあうために越えねばならない溝は年々深まって、その亀裂を銀座・東京論争をきっかけに、一気にこじらせてしまった。

あのとき、東京クーデターに敗れた友人は、今、どんな思いで毎年の暮れを迎えているのだろう。それを思うと少し胸が痛む。いっそ全員が還暦を迎えるくらいになれば、もう独身も既婚も銀座も東京もどうでもよくなって、ただ生きているというだけで、また一緒に泣いたり笑ったりできるのかもしれないとも思う。

大阪生まれが銀座を行く

森村泰昌

生まれも育ちも大阪の私には、かつて東京はまったくの異国であった。はじめての東京は大学受験のとき。新幹線を降り山手線に乗車したとたん、なんというか、「人種の違う」大勢の人がいた。マッタリした大阪弁とは対照的なテキパキした言葉が交わされて、その言葉のスピード同様、みんなの動作も素早かった。うろうろしていたらはねのけられそうで、「これはアカン」と思い知り、そして受験は見事に不合格となった。

それから十年ばかりの間、怖くて東京には行けなかった。そして一九八〇年代、ようやく回数は少ないが、またぞろ東京を訪れるようになった。当時、関西の美術界で活躍しはじめた若い友人たちが活発に東京で展覧会を開催するようになり、それを見に出かけたり、時には展示を手伝ったりすることもあったのだ。

あのころは、六本木や原宿、表参道界隈がオシャレだとカルチャーマガジンやガイドブックには記されていた。それを頼りに遊歩するのだが、ガイドブックに「六本木での待ち合わせには、アマンドが最適」などと書かれていて、この昔ながらの喫茶店が若者の行くべき最先端だと勘違いしたりしていた。

銀座にはめったに足を運ばなかった。銀座といえば、藤山一郎の『銀座セレナーデ』や、もうすこし時代がくだって山内賢と和泉雅子の『二人の銀座』などが思い浮かんだ。今の若い人は聞いたことさえないイニシエの歌謡曲である。一九五一年生まれの私であっても、さすがにこれはウチの父母の時代の懐かしのメロディーである。だから銀座は、なんだか年配者の行く街だとの印象が、私にはずっとぬぐいきれず、おのずと足が遠のくのであった。

しかしそのいっぽう、私には銀座への強い憧れもじつはあった。小津安二郎監督の映画かなにかで、原節子が演じる画廊経営者の店があって、アレも確か銀座ではなかったか。

映画の中だけの話ではなく、実際にも銀座には多数の有名画廊がひしめきあっている。

将来は銀座で個展をやれるような美術家になれたらと、私は銀座に特別な想いを寄せていた。しかし独自の作風がなかなかつくり出せないペイペイの私なんぞ、とてもじゃないが太刀打ちできないとあきらめて、銀座はどんどん遠い街となっていったのである。

ところが憧れと反撥《はんぱつ》は表裏の関係にあるようで、一九九〇年代に入り美術家として自活可能になってくると、かつては憧れだったのに、次第に「僕は銀座で個展はしない」とうそぶくようになっていた。

東京での私の初個展は一九八九年、早稲田だった。二度目が一九九〇年、茅場町《かやばちょう》と門前仲町の間にある佐賀町だった。いずれもそれなりに話題となった個展で、そういうものをやると、銀座の老舗画廊でなくとも話題の展覧会はできるのだと、偉そうな口をきくようになっていくのである。

だから一九九四年、資生堂が主催するザ・ギンザアートスペースでの個展の依頼がきたときはとまどった。受けるべきか否か。そして自分自身に都合のよい言い訳を考えた。ザ・ギンザアートスペースは老舗画廊ではない。新手の美術を目指している新しい文化の発信源である。加えて、作品のセールを目的としていないから、いわゆる「銀座画廊」とは一線を画している。いやそんなことより、白状するが私は大学四年のとき、ひそかに資生堂への入社を夢見ていたのだった。

一九七〇年代前後、資生堂のグラフィックデザインは特にスゴかった。中村誠のアートディレクション、前田美波里や山口小夜子がモデルとなったポスターやCMなど、名作は枚挙にいとまがない。京都の美術大学でデザインを専攻していた私は、資生堂の広告表現に強い刺激を受けていた。80年代に入ってからの話だが、セルジュ・ルタンスを起用して生まれたさまざまなビジュアルイメージにも、強く心惹かれたものだった。

もちろん東京恐怖症に陥っていた学生時代の私には、資生堂のデザイナーなんて夢の夢だった。そんな、かつて憧れた資生堂さんからの依頼なのである。この人生の一大事、どんな理由をつけてでも受けないわけにはいかなかった。

あのザ・ギンザアートスペースでの個展から、かれこれ二十数年が経つ。憧れ、つぎに反撥し、そして理由をこじつけて銀座での個展を果たした私は、その後も銀座との長いおつきあいを続け、今は適度な緊張感を残しつつも自然体で向き合える、「いい関係」の街になってきたように思われる。

ほんとうは、大阪生まれの私にはギンブラよりシンブラ、つまり大阪ミナミの心斎橋筋をそぞろ歩きすることのほうが馴染みが深いはずなのだ。でも最近の心斎橋筋の変貌ぶりを見ると、なんだか昔のシンブラ感覚を、むしろギンブラで取り戻せるような気がして、複雑な心境になる。むろん銀座もまた、時代とともに風景や人波が変わってゆく。でもメインストリートから小道に分け入れば、まだまだそこには、私がイメージする銀座が見出せる。

何年か前のこと、資生堂ギャラリーで私の最新作による個展「ベラスケス頌：侍女たちは夜に甦る」が開催された。

長い年月を経ての銀座への「お里帰り」という心境。この二十数年間で、なんとか私にも、大手を振って銀座を歩けるくらいには「おとならしさ」が身についたということなのか。それはどうかわからないが、ともかく「銀座が好き」とためらわずに言える自分が、今確実にここにいる。

と賛辞を贈ってみたが、これには少々リップサービスが入っている、なんて、銀座にそんな冗談が言えるくらいの間柄にはなれたようで、それが私にはかなり嬉しい。

ネクタイとフルーツポンチ

湯本香樹実

私の両親はともに昭和一ケタ生まれで、思春期を戦時下に過ごした。戦争が終わると、あらゆる価値観が覆《くつがえ》されカオスとなった世の中に徒手空拳《としゅくうけん》、飛びこんでいかざるを得なかった世代である。

父は亡くなる前に「ひどい時代だった。滅茶苦茶だった。でもおもしろかった」と自分の生きた時代を振り返ったけれど、その「おもしろかった」さなかにも、胸中には「自分は戦前の教育しか受けていない旧世代の人間であり、新しい世の中の踏み台になるしかない」という苦いあきらめのようなものがあったようだ。父と性格のまったく違う母も、ことその点に関しては同じなのが、子供の私にも察せられた。

「これからの時代は」「私たちはもう」「今の人は違うから」……まだ四十に手が届くか届かないかの親の言葉の端々に、哀しみが見え隠れする。「あの頃は、誰もなんにもわかっちゃいなかった」と首を振る仕草にも。あの頃とは、父が牛の番をしながら本を読み、母は草原でゴム段を誰よりも高く跳び、日本が刻々と戦争に向かっていった昭和初期のことだ。

戦中戦後を食うや食わずでかき分けてきた父母は、「(お前は)これからなんだから」と、幼い私にたびたび言った。そこには希望とともに、これからやってくる時代への心許なさもあったと思う。頭も体もやわらかで、真綿のようだった頃に習い覚えたことや躾けられたこと、信じてきたことが、あらかた役に立たなくなってしまった……そんな状況が人をどれほど無力にしてしまうか、当時の親の年齢をいくつ越そうと、私にはわかりきれるものではない。

まあ子供としては、「そうか、自分はこれからの人間なのか」と発憤すればいいのであって、成長するにつれ私にもそういう図太さがふつうに育った。でも五歳になる少し前のある日、部屋のすみで涙をこぼした覚えがある。今しがた母の言った「あんたはこれからなんだから」という言葉はつまり、親が自分を置いて先に死んでしまうことを意味すると、はじめて気づいたのだった。それがひどく差し迫って感じられたのは、いかにも子供らしい。けれども冬の夜空に星が流れるのを見たりすると、今もそのときの寂しさがそっくりそのまま胸のなかにあることに気づく。

〈銀座〉という街の名は、私にとってある種のセーフティゾーンだった。といっても、行ったことはなかった。住んでいたのは東京とは名ばかりの、田んぼと原っぱの向こうに遠く玩具のような路面電車が音もなく揺れているのが見えるところで、銀座はあまりに遠かった。けれどその街の名を、憧れの吐息とともに私に吹きこんだのは、やはり父と母である。

父は銀座に本店を置く老舗紳士洋品店のネクタイを数本持っていて、ときどき鏡の前で悦に入っていた。「やっぱりここのはいいな……」と、満足そうなひとりごとを漏らしたのも一度や二度ではなかった。ネクタイを締める束の間の、絹地の滑るシュッという小気味よい音、指先の迷いのない動き、少し顎《あご》をあげて結び目を確認する表情。それらはひと連なりの充足そのものだった。何かと目新しいことを覚えてきては小賢《こざか》しくなっていく子供の視線を、父は鏡に向かいながら背中で意識していたかもしれない。「この値うちは、お前にはわからんな」と鷹揚《おうよう》にかまえているようにも見えた。そんな解放された朝の時間が、父をどれだけ励ましたことだろう。

母の語る銀座もまた、ささやかな憧れの源泉と呼ぶべきものだった。戦前、食いしん坊だった祖父は、長女の母だけをこっそり連れだして外食することがあった。近所の店で食べるお鮨《すし》や鰻も最高においしかったけれど、

「銀座のフルーツパーラーで食べたフルーツポンチ。この世にこんなおいしいものがあるのかって、驚いたわねえ」

そう話す母はもはや母でなく、私も小さい娘ではなく、ただ奇跡を語る者とそれに聞き入る者だった。何度もそれは繰り返されたが、まるで目の前にフルーツポンチという涸《か》れない泉があるみたいに、母の表情はいつも輝いていた。

祖父は銀座に母を二度連れて行き、母は二度ともフルーツポンチの大感動をあじわった。三度目がなかったのは、竹槍訓練と軍需工場の時代がやってきたからだ。それからはもっぱら命あっての物種で、ふと気づけば子供なぞ生まれている。その子供相手にフルーツポンチの話をするとき、母は戦争が奪い去ったものを思わないわけにはいかなかっただろう。

それでも、私は安らいでいた。「そんなにおいしいものがあるのか」と、ただ無心に聞いていただけの頃も、そのあとも。母の声から伝わってきたのは、戦争という災厄に遭っても、記憶のなかの宝石はけっして傷つけられないということだった。だから耳を傾けながら、子供は自由に思いをめぐらすことができた。自分の知らなかった時代と、

まだ知らない世界に。

〈銀座〉という街は、父母と私を、時のくびきからそっとはずしてくれていたのだと思う。そしてそれこそが、家のなかでも自然の只中でもない、街のもっとも街らしいところではないか。

秋の日の昼下がり、卒寿を目前にした母を誘って銀座に出かけた。老舗パーラーのメニュウからフルーツポンチは姿を消していたけれど、往年のレシピをお店の方が見せてくださった。生と缶詰の果物を盛り合わせてジュースと少々の酒をふりかけるという、いたってシンプルなものである。

これがねえ、となかば感心、なかば気抜けしている私の前で、母は〈季節のパフェ〉をさらっとオーダー。戦後を生き抜いた適応力は、衰えていないようだった。

遠い銀座と〈音鮨〉のこと

吉田篤弘

子供のころは銀座が遠かった。

といっても、私鉄と地下鉄を乗り継いで一時間とかからないところに住んでいたのだから、本当はそう遠くもない。距離や時間ではなく、何かが遠かった。

ところが、あるとき、「お前のひいおじいさんは、銀座で鮨屋をやっていたんだ」と父から聞かされた。初耳だった。そのときはもう子供から大人に背伸びをしかけていたが、依然として銀座は遠くにあり、その遠いはずの銀座が、不意に自分とつながったことに驚いた。

鮨屋の名前は〈音鮨〉と書いて「おとずし」と読む。鮨屋にしてはモダンな響きだが、何のことはない、曽祖父の名が「音吉」であったからである。

音吉は明治維新の遷都に乗じ、関西から上京して銀座に鮨屋を構えた。祖父であればともかく、曽祖父の話となると、父や伯父たちも記憶が曖昧で、関西からやって来た音吉がどのような経緯で銀座に店を開いたのか、誰も詳細は知らない。

はたして、音吉に江戸前鮨を握る技術があったのか。それとも、短期間に習得したのか。あるいは、鮨屋の娘と恋に落ちて、なりゆきで婿養子にでもなったのか——。

どうも、そんな気がする。ただ、看板に自分の名を冠して〈音鮨〉としたのだから、その推理はいささか頼りない。

ときどき父が「そういえば」と祖父から聞いた話を思い出し、そのたび、少しずつ断片的な情報がパズルのピースのように嵌め込まれていった。

たとえば、音吉は鮨を握ることよりも博打が好きで、たびたび店から逃げ出しては賭場へ通っていたらしい。店に居るときも魚河岸へ仕入れに出かけるときも、一年中、雪駄《せった》を履き、鮨の値段が「他所《よそ》より高い」と客が文句を言うと、

「安いところは、いくらでもあるんだから、そっちへ行ってくんな」

と素っ気なくあしらったという。

江戸っ子を気どったつもりなのだろうか。挙句、仕入れたネタが気に入らないときは、

丸ごと川へ投げ捨てて、客を返してしまったらしい。

それでも、音吉はどうにか店をつづけ、遂には銀座通りに支店を出すまでになった。

一体、何が客に気に入られたのか——。

いや、やはりそんな調子では人気を保てなかったのだろう、案の定、〈音鮨〉は、あっけなく一代限りで店じまいとなった。

その理由は諸説あり、二代目になるはずだった祖父が、あろうことか酢飯が嫌いで跡を継ぐのを拒《こば》んだ、という説と、博打で借金が嵩《かさ》んで首がまわらなくなった、という説が有力だった。真相は藪《やぶ》の中で、音吉を知る者は、皆、鬼籍にはいってしまった。

そうしてパズルは歯抜けのままだったが、話を聞くほどに銀座に親しみを覚え、そのうち、社会人になって働き始めると、思いがけず、毎日のように銀座へ通うことになった。

会社勤めではない。といって、まさか鮨屋に弟子入りをしたわけでもなく、本のデザイナー＝装幀家の門を叩いて弟子入りをした。その師匠の仕事場は六本木にあり、版下に貼り込む写植文字を銀座にある写植屋に依頼していた。夜に発注したものを、翌日の昼に引き取りに行くのが弟子の仕事で、ついでにその界隈で昼飯を済ませるのが日課になっていた。

その「界隈」というのは、ちょうど歌舞伎座の裏のあたりである。銀座は少しずつ近しい場所にはなっていたものの、そのあたりはまったく未知の領域で、夜に居酒屋となる店々が昼間は格安のランチで客をあつめていた。一軒一軒、味を確かめ、「これぞ」という店が決まると、それからはその店に通いつめた。

通い出して、しばらくしたころである。

カウンター席で鰺《あじ》フライ定食を食べていたら、

「あんた、うまそうに食うねぇ」

店の親父さんに、いきなり褒められた。いや、褒められたのかどうか分からないが、親父さんの口ぶりがあんまり嬉しそうだったので、毎日、カウンターで鰺フライを食べては、毎日、褒められた。妙な気分だった。子供のころ、あんなに遠かった銀座で、自分は毎日、鰺フライを食べている。いつからか、銀座が遠いのではなく、自分が遠くへ来てしまったのだと実感した。

それだけではない——。

結婚をしようということになったとき、戸籍謄本を用意する段で、「うちは銀座が本籍だぞ」と父が言い出した。それまで知らなかったのだが、〈音鮨〉のあった住所が、そのまま変わらず本籍になっているという。

初めて目にする謄本のコピーは「音吉」の名前で始まり、本籍の住所は「京橋區《く》木挽町弐《に》丁目」とあった。漢字ばかりが詰まった謄本を読み解いていくと、やがて「大正拾弐《じゅうに》年九月壱日焼失」という一行に突き当たる。

どうやら、〈音鮨〉は大正十二年の関東大震災に遭い、そのまま焼け落ちて復興できなかったようだ。なかなか解明できなかった真相は、漢字に埋もれた藪の奥にしっかり明記されていた。

「木挽町弐丁目」は現在の「銀座二丁目」である。正しい住所を番地に至るまで書き写し、地図を片手に訪ねてみると、その界隈はランチで賑わうあの歌舞伎座の裏ではないか。「もしや」と半信半疑のままわが本籍地に辿り着くと、そこは毎日通った「これぞ」の隣だった。

「〈音鮨〉は歌舞伎座の楽屋口の向かい側にあった」という証言もあり、本当にそうであるなら、その繁盛ぶりはランチの賑わいに匹敵したかもしれない。

大きな地震があって大きな戦争があった。曽祖父が鮨を握っていた時代からあまりに遠くへ来てしまったが、

「あんた、うまそうに食うねぇ」

その声が、聞いたこともない音吉の声となって胸の奥に響いた。

ステーキとノコギリ女

寄藤文平

銀座四丁目の王子製紙本社ビルの斜め向かいに王子サーモンの店がある。二十年前、そこはギャラリーだった。美術大学でつくった作品をそのギャラリーで展示するということになって、僕ははじめて銀座に来た。貧乏で飢えた学生にとって、銀座はどれもこれもが高い。食事などもってのほかだった。しかし展示会の準備が終わった日、あまりに腹が減ったので、はじめて銀座で食事をした。ギャラリーを出て、なんとなく三越の裏手を歩くと、蔦《つた》に覆われたボロい定食屋が目に入った。よくわかんないけど、とにかくここにしよう。銀座に来たといってもギャラリーと駅の往復しかしていなかったので、そこが本当の意味で銀座との出合いだった。

店に入ったとき、ほかのお客さんが僕をジロジロ見ているのが視界の端に感じられたし、「お食事、召し上がりますか？」と聞く店員の眼が微妙に困惑している気がした。ただ、僕は空腹で朦朧《もうろう》としていたから、そこに漂う「テメェ！　ここは汚い学生が入っていい店じゃねーんだよ！」という空気を感じとれなかった。事態に気づいたのはメニューを開いたときである。まずい。ここは定食屋じゃない。値段のゼロがひとつずつ多かった。あとで知ったが、そこは「みかわや」という有名な高級洋食店であった。考えてみれば三越は銀座の一等地。その裏に蔦に覆われた定食屋なぞ、あるわけがなかった。

店内ではみな美しい服を着てカチャカチャと小さな食器の音をたてながら談笑している。僕は膝の抜けたジーンズにヨレヨレのパーカー、しかも風呂にも入っていなかったから顔は黒く髪はフケだらけだった。向かいの女がこちらを睨《にら》むようにジロジロ見ている。間違えました。そう言ってすぐ席を立とうとして、しかし、ここで帰るのはなんだか悔しいような気もした。なんだお前ら、人を変な眼で見やがって。俺は何も悪いことはしてねぇ。このまま帰ってたまるか。食ってやる。断固、食ってやる！　そんな意味不明の憤りがこみ上げてきたのである。

「この、フィレステーキのやつ、ください」

あのときの店員の顔は忘れない。なんというか白目を剝いたモナリザみたいな顔だった。してやったり。そのステーキはメニューの中でも高額の品だった。自分の意地と今月の生活費の全額をそのステーキに張ったのである。

待つことしばらく、はたしてステーキが出てきた。ところが、それは僕の考えとはまったく別のものだった。小さい。腹ぺこの学生にとって、それはあまりに小さい肉だった。もしかしてこの肉、おかわり自由なの？　僕の意地がコロンとした肉の塊に化けて、皿の真ん中に放置されている。しばらく無言で肉を眺め、僕は考えた。なるほど、これが銀座のステーキか。わかった。これで腹はふくれまい。そのかわり完璧に食ってやる。俺が銀座に負けてないところを見せてやる。僕は背筋を伸ばした。それはマナーを守るためでも、場の空気に合わせるためでもない。ナイフを丁寧に使うためだ。

ナイフの使い方を教えてくれたのは父である。ナイフは少し立てて肉の角から押して切る。このとき、刃が肉面に対して同じ角度で当たるようにしないと、肉の繊維はキレイに切れない。ナイフを肉面と直角に保ち、かつ刃のカーブに沿って手を動かそうとすれば、自然と脇が締まり、手首の運動で刃を押すようなフォームが生まれる。イメージとしては水を飲む白鳥の首みたいに動かす感じだ。手は前後ではなく上下に動くことになるわけだが、ここで、背筋が伸びていないと肘が詰まって腕を自由に動かせない。だから、まず背筋を伸ばすのである。

おそらく人生で最も丁寧に味わったステーキであろう。小さく厚い肉がナイフの圧力で歪まないように、やや内角にナイフを入れ、フォークの圧力を微妙に呼応させて、手首を白鳥の首のごとく動かした。肉の繊維一本一本を意識しながら、皿に刃先がこすらないように気をつけつつ、切り取った断片は静かに口に運んだ。口に入れたらしばらく嚙み、さらに繊維が粉々になるまで味わう。正直、味はよくわからなかったが、その所作は完璧だったと思う。食べ終わった皿は、ソースを残して肉だけをかき消したように美しかった。ありがとうございます。皿を下げるとき、店員がお礼を言った。

勝った。完璧に食ってやった。小さな肉だったが、ものすごく集中して食べたから妙な満腹感があった。ふと見ると、向かいの女も肉を食べている。僕を睨むように見ていた女だ。二十代後半ぐらいで、光った感じの服を身につけ、髪も爪もキラキラである。しかしそのナイフの使い方はほとんどノコギリであった。刃をギコギコと肉にこすりつけて皿をキーキーいわせている。ナイフの角度が悪いから力んで背中が丸くなり、上体をかぶせて肘を前後させるその動きは、ほとんどビリヤードだった。にもかかわらず、口にフォークを運ぶときだけ背筋を伸ばして、あたかも上品な女を装うではないか。この女、バカか。そのキレイな服やキラキラの爪は、お前にとってのなんなんだ。こんなノコギリ女にジロジロ睨まれたのかと思うと、おさまっていた憤りがまたこみ上げてきた。これが銀座か。これが銀座の大人ってもんなのか。

その七年後、なぜか僕は銀座にデザイン事務所を構えることになって、それから十三年、銀座にいた。ボロボロだった松屋の壁がピカピカになって、カルティエやエルメスがオープンし、ユニクロに若い人たちが集う街になったけれど、僕の中の銀座は、あのときから変わらない。キラキラした女がエルメスの玄関へ男の手を引いていくのをみながら、やはりこれが銀座なのだと感じる。ただ、今はあのノコギリ女をバカとは思わない。あのギコギコしちゃう一生懸命さみたいなものに、人間の愛おしさというか、そういうものを感じるようになった。逆に、その感じがわかるようになって、ようやく銀座を楽しめるようになったような気がする。どうして銀座が大人の街とよばれるのか、今はわかる。あの蔦の建物は取り壊されてしまったが、「みかわや」は新しい三越の中に入っているそうだ。あれっきり一度も行っていないけれど、次に行くときは、きちんとした格好で行こうと思っている。

ドラマのADだったころ

和田　竜

『村上海賊の娘』が本屋大賞および吉川英治文学新人賞を取るなど話題となったことで、取材を受けたりテレビやラジオに出演する機会が俄然《がぜん》増えた。

先日はTBSのとあるテレビ番組に出演のため、赤坂のビッグハットに赴いた。

エレベーターに乗って四階に行く。突き当たりに貼り出しがベタベタと貼ってある。

「和田竜様　○○へどうぞ←」

の貼り出しに従って突き当たりを左に向かう。突き当たって左は、昔は衣裳《いしょう》さんの大部屋があったはずだが今はなくなっており、何部屋かの控室になっていた。ちなみに突き当たって右はメークさんと持ち道具さんの部屋だったが、今も変わりなくそこにあった。

　控室に入って一息吐く。

「帰ってきたんだな、ここに」

　感慨無量だった。

　というのも僕は今から十七年前まで三年間ほど番組制作会社に勤め、ドラマのＡＤとしてＴＢＳに出向し、ビッグハットを駆けずりまわっていたのだ。貼り出しもＡＤ時代に僕が書いては、局内の随所に貼りまくっていた。

　四階はとくに思い出深いところ。役者さんが早朝の入り時間に間に合ったかを確認するのは、下っ端のＡＤである僕の仕事だった。

　男優と女優では、入り時間が三十分ほど異なる。しかも役者さんが四、五人もいると入り時間前に入ってくる人、遅れてくる人もいるので、五階にあるドラマ制作の大部屋と四階の控室との間を五分おきに往復しては、

「〇〇さん入りました」

　と五階にいるチーフＡＤにいちいち伝えなければならなかった。役者さんが入っても、メークが完成した後でないとロケに出発できないので、メークがちゃんと進行しているかも確認しなければならない。控室に行って、

「もう行けますか？」

と訊くのも仕事だった。メークさんからは、

「まだだよ！」

と恐い声が飛んでくることもあれば、

「ごめんネ、まだ」

というおっとりした返事が返ってくることも。メークさんは仕事柄、役者さんと近い関係にあるため独特の権威があり、役者さんを呼び込みに行く下っ端のＡＤはとくに気を遣わなければならない存在だったのだ。

で、現在。僕の控室のドアが開いた。

「メークさせていただきます」と入ってきたのは、恐いほうのメークさんだった。十七年ぶんお互い年はとっていたが、すぐに僕はわかった。

「〇〇さんですか？」

と訊くとまさにそのとおり。しかし先方は僕を覚えていないようで、僕が関わった番組をいくつか挙げて、ようやく合点がいったようだった。

メークしてもらった。ドーランを塗り、ところどころ肌のシミやらなにやらを隠す程度の男性用メークだったが、涙が出そうだった。

僕がＡＤになったのは、二十五歳のとき。大学に六年もいて、しかも一浪だったので ずいぶんと遅い社会人デビューだった。

初めて関わったドラマは『愛していると言ってくれ』。常盤貴子さんが主演で、豊川悦司さん演じる耳が不自由な画家と恋に落ちるという、一九九五年当時爆発的にヒットしたドラマだった。

そのドラマのロケ初日。僕は銀座にいた。

仕事の内容は、

「これから銀座にロケに行く。ロケにはディレクターやＡＤ、メークさんたちが乗るロケバス、カメラ車、照明車、小道具やロケ備品を運ぶ制作車、役者の車でキャラバンを組んで行く。ついてはスムーズに路駐してロケが即座に行えるように、現場に先発して駐車スペースを確保しておけ」

というものだ。

そんなわけで僕はタクシーに乗り、パイロン（工事現場で使う円錐《えんすい》形の赤いヤツです）を持って銀座に向かった。場所取りしたのは、外堀通り沿い、ソニービルの反対側のビル（名前は知らない）の辺りだった。早朝ということもあってか、さいわい路駐の車はおらず、そこにパイロンを並べ、車数台が停められるスペースを確保した。

あとは側溝の段差の所に座り込み、ロケ隊が到着するのを待った。

（阿呆らしい）

思わずにはいられなかった。

大学を出てこれか。僕の後ろの歩道を銀座で働く人か遊びに来た人かは知らないが、綺麗な格好で行き過ぎていく。それに比べて僕はTシャツにジーンズ、加えてADには必需品のガチ袋（大工さんが使う工具を入れる袋とベルトが一体になったもの）を腰に巻き、ガムテープまで装備している。場違いにもほどがあった。

社会人一年目のほとんどがきっと思うことを僕も思った。向いていないとも思った。だが、すぐに辞めたのでは辞めグセがついてしまうと思い、三年は辛抱しようと思って三年経った結果、やはり辞めることにした。ADの仕事は反射が求められ、なにごとも熟考してからでないと動けない僕にはやはり向いていなかったのだ。以後は別の会社に勤めながら脚本家を目指すことにした。

TBSを去る当日は敗残兵のような心地だった。ディレクターから映画監督になる夢を抱いて赤坂に来た。いろいろあってディレクターよりも脚本家のほうがいいと思っての決断だったが、その時点での状態は夢破れた人以外のなにものでもなかった。

なにか決意めいたものでも抱かないとやっていられなかった。ビッグハットを見上げてつぶやいたのを今も覚えている。
「いつか脚本家としてここに戻ってきてやる」

（二〇一四年八月号）

初出一覧

小料理屋 ——二〇二一年十月号
朝吹真理子（あさぶき・まりこ）一九八四年、東京生まれ。小説家。

老舗が気になる ——二〇二三年三月号
有栖川有栖（ありすがわ・ありす）一九五九年、大阪生まれ。小説家。

こどもの銀座 ——二〇一五年一月号
いしいしんじ 一九六六年、大阪生まれ。小説家。

遠のいていく記憶の構図 ——二〇〇五年十月号
いとうせいこう 一九六一年、東京生まれ。作家、クリエイター。

ご馳走になってばかり ——二〇一四年十一月号
戌井昭人（いぬい・あきと）一九七一年、東京生まれ。劇作家、小説家、劇団「鉄割アルバトロスケット」主宰。

田舎者、銀座を歩く――二〇一五年十月号
乾 ルカ（いぬい・るか）一九七〇年、北海道生まれ。小説家。

ノブイチと僕――二〇一六年三月号
井上夢人（いのうえ・ゆめひと）一九五〇年、福岡生まれ。小説家。

別れが言えない銀座――二〇〇七年十二月号
岩松 了（いわまつ・りょう）一九五二年、長崎生まれ。劇作家、演出家、俳優。

最後の夢を生んだ街――二〇一六年四月号
植松伸夫（うえまつ・のぶお）一九五九年、高知生まれ。作曲家。

初心で歩く街――二〇一四年三月号
内澤旬子（うちざわ・じゅんこ）一九六七年、神奈川生まれ。文筆家、イラストレーター。

銀座と映画と僕のはなし――二〇一六年三月号
大根 仁（おおね・ひとし）一九六八年、東京生まれ。映像ディレクター。

銀座が私の初舞台 ――二〇一一年一月号
岡田茉莉子（おかだ・まりこ）一九三三年、東京生まれ。女優、映画プロデューサー。夫は映画監督の吉田喜重。

奇妙な思い出 ――二〇一一年四月号
金井美恵子（かない・みえこ）一九四七年、群馬生まれ。小説家。

おやかましゅう ――二〇〇九年十二月号
金子國義（かねこ・くによし）一九三六年、埼玉生まれ。画家。二〇一五年没。

ブルーノ・タウトの小箱 ――二〇〇五年五月号
隈 研吾（くま・けんご）一九五四年、神奈川生まれ。建築家。

銀座のこと ――二〇一三年七月号
ケラリーノ・サンドロヴィッチ 一九六三年、東京生まれ。劇作家、演出家、音楽家、劇団「ナイロン100℃」主宰。

水色のドレス――二〇〇八年九月号／『小池昌代散文集――産屋』（清流出版）
小池昌代（こいけ・まさよ）一九五九年、東京生まれ。詩人、小説家。

本と銀座とわたし――二〇一六年九月号
坂木　司（さかき・つかさ）一九六九年、東京生まれ。小説家。

もしも、無実の罪で追われる身になったら
私は銀座をこう逃げる――二〇一二年二月号
佐藤雅彦（さとう・まさひこ）一九五四年、静岡生まれ。東京藝術大学名誉教授。

母の銀座――二〇一六年十月号
ジェーン・スー一九七三年、東京生まれ。コラムニスト、ラジオパーソナリティー、作詞家。

街を走っていた――二〇一五年六月号
小路幸也（しょうじ・ゆきや）一九六一年、北海道生まれ。小説家。

銀座の五年間――二〇一二年九月号
白井　晃（しらい・あきら）一九五七年、京都生まれ。演出家、俳優。

昨日銀座を歩いていると ――二〇一四年二月号
菅啓次郎（すが・けいじろう）一九五八年生まれ。詩人、明治大学教授。

思い出の街は銀座 ――二〇〇五年十一月号
宗 左近（そう・さこん）一九一九年、福岡生まれ。詩人、仏文学者、翻訳家。
二〇〇六年没。

墓場から銀座まで ――二〇一四年三月号
高野秀行（たかの・ひでゆき）一九六六年、東京生まれ。ノンフィクション作家。

美しい銀座の私 ――二〇一四年六月号
田中慎弥（たなか・しんや）一九七二年、山口生まれ。小説家。

とりとめのない話 ――二〇一五年十二月号
田中芳樹（たなか・よしき）一九五二年、熊本生まれ。小説家。

帽子の光沢 ――二〇一五年八月号
千早 茜（ちはや・あかね）一九七九年、北海道生まれ。小説家。

数寄屋橋ハンターのこと――二〇〇七年六月号
都築響一（つづき・きょういち）一九五六年、東京生まれ。編集者、写真家。

銀座と私――二〇〇四年八月号
中川李枝子（なかがわ・りえこ）一九三五年、北海道生まれ。作家。

唐揚げ考――二〇二三年六月号
南條竹則（なんじょう・たけのり）一九五八年、東京生まれ。作家、翻訳家。

銀座ヒット――二〇一五年十二月号／『映画にまつわるxについて――2』（実業之日本社）
西川美和（にしかわ・みわ）一九七四年、広島生まれ。映画監督。

銀座のウシツツキ――二〇一五年四月号
似鳥　鶏（にたどり・けい）一九八一年、千葉生まれ。小説家。

未来のようで懐かしく――二〇二二年七月号
東　直子（ひがし・なおこ）一九六三年、広島生まれ。歌人、小説家。

銀座は習うより慣れよ――二〇一七年一月号
東山彰良（ひがしやま・あきら）一九六八年、台湾生まれ。小説家。

銀座の銀は銀――二〇一五年二月号
藤野可織（ふじの・かおり）一九八〇年、京都生まれ。小説家。

銀座は遠いところだった――二〇〇六年八月号
保坂和志（ほさか・かずし）一九五六年、山梨生まれ。小説家。

銀座の思い出――二〇一三年二月号
堀　威夫（ほり・たけお）一九三二年、神奈川生まれ。ホリプロ創業者。

銀座での個展――二〇一四年九月号／『僕は、太陽をのむ』（港の人）
牧野伊三夫（まきの・いさお）一九六四年、福岡生まれ。画家。

銀座雑感――二〇〇七年七月号
松尾スズキ（まつお・すずき）一九六二年、福岡生まれ。作家、演出家、俳優、劇団「大人計画」主宰。

笑うコルク、微笑む人 ――二〇一三年十月号
道尾秀介（みちお・しゅうすけ）一九七五年、兵庫生まれ。小説家。

銀座か、あるいは東京か ――二〇一七年三月号
森　絵都（もり・えと）一九六八年、東京生まれ。小説家。

大阪生まれが銀座を行く ――二〇一四年一月号
森村泰昌（もりむら・やすまさ）一九五一年、大阪生まれ。美術家。

ネクタイとフルーツポンチ ――二〇一六年十二月号
湯本香樹実（ゆもと・かずみ）一九五九年、東京生まれ。作家。

遠い銀座と〈音鮨〉のこと ――二〇一〇年五月号
吉田篤弘（よしだ・あつひろ）一九六二年、東京生まれ。作家、デザイナー。

ステーキとノコギリ女 ――二〇一四年五月号
寄藤文平（よりふじ・ぶんぺい）一九七三年、長野生まれ。グラフィックデザイナー。

ドラマのADだったころ――二〇一四年八月号

和田 竜（わだ・りょう）一九六九年、大阪生まれ。小説家、脚本家。

銀座百点（ぎんざひゃくてん）

「銀座のかおりを届ける雑誌」として、一九五五年に創刊された日本初のタウン誌。「銀座に店舗を持ち、常に信用と奉仕の百点満点を心するもの百店」で発足（一九五四年当時）した「銀座百店会」が発行する。創刊号から久保田万太郎、吉屋信子、源氏鶏太らが執筆陣として名を連ね、その後の連載からは、向田邦子『父の詫び状』、池波正太郎『池波正太郎の銀座日記』、和田誠『銀座界隈ドキドキの日々』など数多くの名作が生まれた。銀座のもつ文化的側面を伝えることを目的とした姿勢は一貫して受け継がれ、銀座の街同様、現在も多くの読者に愛され続けている。男性は上着のポケットに、女性はハンドバッグに収まるよう考えられた、縦約一三センチ×横約一八センチの横長の判型は、創刊当時から変わらない。

＊本書は「銀座百点」に掲載されたエッセイを加筆修正したものです。収録作品のなかには経年により変化した事柄も含まれますが、作品発表時の銀座の風景や文学性に鑑みて、原文のままとしました。なお、一部の作品には、著者による改稿時に文末に初出情報を加えました。

単行本　二〇一七年七月　扶桑社刊
（文庫化にあたり、一部内容を変更しました）

イラストレーション　大塚文香
デザイン　野中深雪

DTP制作　言語社

文春文庫

おしゃべりな銀座《ぎんざ》

定価はカバーに表示してあります

2024年4月10日　第1刷

編　者　銀座百点《ぎんざひやくてん》
発行者　大沼貴之
発行所　株式会社 文藝春秋

東京都千代田区紀尾井町3-23　〒102-8008
TEL 03・3265・1211㈹
文藝春秋ホームページ　http://www.bunshun.co.jp

落丁、乱丁本は、お手数ですが小社製作部宛お送り下さい。送料小社負担でお取替致します。

印刷・図書印刷　製本・加藤製本

Printed in Japan
ISBN978-4-16-792207-8

（　）内は解説者。品切の節はご容赦下さい。

村上春樹
走ることについて語るときに僕の語ること
八二年に専業作家になったとき、心を決めて路上を走り始めた。走ることは彼の生き方・小説をどのように変えてきたか？　村上春樹が自身について真正面から綴った必読のメモワール。
む-5-10

村上春樹
ラオスにいったい何があるというんですか？　紀行文集
ボストンの小径とボールパーク、アイスランドの自然、フィンランドの不思議なバー、ラオスの早朝の僧侶たち、そして熊本の町と人びと――旅の魅力を描き尽くす、待望の紀行文集。
む-5-15

村上春樹　絵・高　妍
猫を棄てる　父親について語るとき
ある夏の午後、僕は父と一緒に自転車に乗り、猫を海岸に棄てに行った――語られることのなかった父の記憶・体験を引き継ぎ、辿り、自らのルーツを綴った話題のノンフィクション。
む-5-16

村田沙耶香
きれいなシワの作り方　淑女の思春期病
初めての皺に白髪、通販の誘惑、自意識過剰とSNS、迫る「産むか産まないか」問題、最後のセックス考……これが大人の「思春期」？　悩み多きアラサー芥川賞作家の赤裸々エッセイ。
む-16-2

もちぎ
あたいと他の愛
物心ついた頃からゲイのあたい。父は自殺、母は毒親、生き抜くための売春……。初恋の先生や友達や姉の優しさと愛と勇気によって支えられてきた。苛烈な母との再会エピソードも収録。
も-34-1

森岡督行
800日間銀座一周
あんぱんを買い、一杯の酒を飲み、一着のスーツを作る。「一冊の本を売る」コンセプトで人気の森岡書店代表が、銀座の街を現在から過去、そして未来へと旅をする、写真&エッセイ集。
も-35-1

山川静夫
私の「紅白歌合戦」物語
令和元年暮れに七十回目を迎えた紅白歌合戦。昭和四十九年より九年連続で白組司会を務めた元NHKアナウンサーだから書ける舞台の裏側。誌上での再現放送や、当時の日記も公開。
や-13-6

山崎ナオコーラ
文豪お墓まいり記
谷崎潤一郎、永井荷風、太宰治に森茉莉…互いに交流する文豪たち。26人の人生を思いつつ、現代の人気作家がお墓まいり！　食事処案内やお墓の地図ありの楽しいガイド。

や-51-3

山内マリコ
買い物とわたし
お伊勢丹より愛をこめて
週刊文春の人気連載「お伊勢丹より愛をこめて」が書き下ろしを加えて一冊に。蚤の市で買ったお皿からハイブランドのバッグまで、カラーイラスト満載で紹介するお買い物エッセイ。
や-62-1

米原万里・佐藤　優　編
偉くない「私」が一番自由
佐藤優が選ぶ、よりぬき米原万里。メインディッシュは初公開の東京外語大学卒業論文。単行本未収録作品も含む傑作エッセイを佐藤シェフの解説付きで紹介する。文庫オリジナル。

よ-21-7

和田　誠
銀座界隈ドキドキの日々
銀座が街の王様で、僕はデザイナー一年生だった！　憧れのデザイン業界の修業時代を文章と懐かしいデザインで綴った六〇年代グラフィティ。講談社エッセイ賞受賞。　（井上ひさし）
わ-2-4

若松英輔
悲しみの秘義
暗闇の中にいる人へ――宮澤賢治や神谷美恵子、プラトンらの悲しみや離別、孤独についての言葉を読み解き、深い癒しと示唆で日経新聞連載時から反響を呼んだ26編。　（俵　万智）
わ-24-1

若林正恭
表参道のセレブ犬とカバーニャ要塞の野良犬
「別のシステムで生きる人々を見たい」。多忙な著者は5日間の夏休み、一人キューバに旅立った。特別書下ろし3編「モンゴル」「アイスランド」「コロナ後の東京」収録。　（DJ松永）
わ-25-1

若林正恭
ナナメの夕暮れ
世界を疑い続ける面倒な性格を持て余していた著者は、いかにして立派なおじさんになったのか。自分探しは、これにて完全終了！　書き下ろし「明日のナナメの夕暮れ」収録。　（朝井リョウ）
わ-25-2